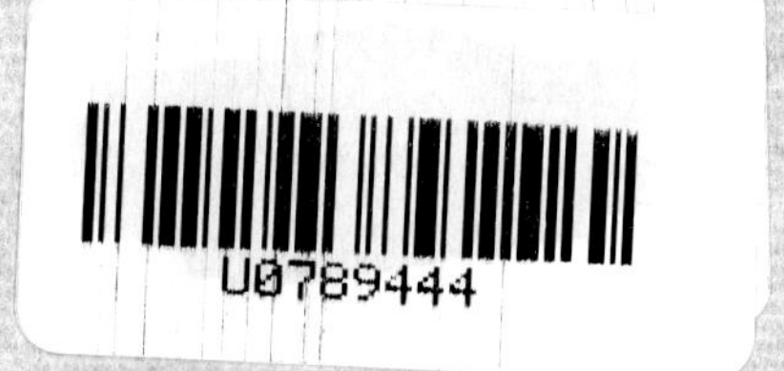

皇明文衡卷之二

賦

奉制撰蟠桃核賦有序

洪武乙卯夏五月丁亥

上御端門召翰林詞臣出示巨桃半核蓋元内庫所藏物也其長五寸廣四寸七分前刻西王母賜漢武桃及宣和殿十字塗以金中繪龜鶴雲氣之象後鐫庚子年甲申月丁酉日記其字如前之數亦以金飾之所謂庚子實宣和二年字頗疑祐陵所書既奉

旨撰賦垂誡方來臣濂謹按王母獻桃事詳見張華博物志第八卷史補類華言桃七枚大如彈丸遺帝五自食其二以今桃觀之且十倍於彈丸則其實之如斗可知矣豈華出於傳聞而想像載之歟抑其言足信而後之好事者假托傳會之歟不然漢武内傳所謂桃如鳧卵形圓而色青者又果何如歟復按蔡京所記尚方有王母蟠桃核頗鉅京嘗相祐陵其見與今相符事當可徵然則傳志所載誠有不可信者歟臣敢忘其固陋撰賦一篇俯伏

冊陛以獻初則極其形容終則一歸於正其詞曰

炎漢六葉實維武皇闡坤符握乾綱祀汾陰建竹宮叶仁歎在郊赤芝薦房西海獻續弦之膠弱水來燕卵之香慶諸福之畢集思騎龍於帝鄉幸靈桃之入口傳儼種於下方想其瑶階露寒彤庭秋迥銀燭未掩畫屏斜映啓承華之秘殿眄瑶池而神騁忽王母兮迅臨托青鳥以傳命鬱佳氣之葱蘢覿芳姿之妍靚於是珉席初延霞觴屢傳蘭辭吐兮襲人縹

[illegible]

[illegible]

洪武[illegible]奏

袂舉兮高騫紫雲之輜軿暫駐九徼之燈火猶然乃啓錦幪乃濯翠瀲遝乃出桃實獻于帝前味甘醇而如醴色含腴以不乾鑾駕乃劃蜜神液流泉上滋華池身輕欲遷將懷核而種之斸上林之寒烟王母微笑塵世易遷儻花實之竝見歲屢閱於三千唯紫府之列眞視滄海於桑田彼窺烏牖之小兒尚奚測夫幽玄斯核也匪鑄而成非陶而凝籍五行之亭毒資六氣以流形剮瓠犀之脆薄並玉質之堅貞爪之不入叩則有聲知何年之中析存半璧之晶熒俯貼金盤巢蓮之龜藏六仰承玉露常滿之栝弗傾飲貫盜兮失容豐下楕（吐人切狹長也）兮隆星聚皺蹙背文之籀一奎暈啚色之頳荷盤欲展蚌甲未扃藏仁之跡猶在含肌之罅如生函肉好之隱約圓合線之交疊龜鶴軒翥兮顯象寶章絢爛兮金明鳳卣鸞蟠同藏眞

於天府星形月魄挾顥氣於蓬瀛嗟夫自昔僊靈惚恍難憑出無入有變幻莫停橘頫盎兮巴園棗如瓜兮漢庭悠燕齊之方士騁詭辨之奔騰瞻雲路之咫尺恨凡骨之難登以雄才之蓋世甘昏弱而不醒至若建章月淡甘泉風泠銅莖中峙僊掌高擎望颷輪兮不來徒馳情於窈冥若白日之易短兮竟莫制於頹齡核雖存而人則逝兮悲秋風於茂陵娲宣和之繼軌兮慕鼎湖之龍升托青華之帝子設神霄之玄稱何殷鑒之不遠踵覆轍其相仍

天啓

皇明

眞人龍興順堪輿之大化調陰陽之至精道德行兮即龍虎之丹顯忠信昭兮勝鉛汞之功弘以九州爲仁壽之域儕兆

民於喬松之朋神機流浹太和薰蒸揩俟人兮草生屈軼齊氣朔兮階秀堯蓂視區區之遺核初何繫乎重輕此所以革往古之荒唐法唐虞以作程也辞曰桃有核兮大逾掌歷千齡兮多惚恍嘅靈僊兮勞夢思誰見崑丘兮紫芝長眞人出兮海寓寧禮樂為冠兮仁義作纓簫韶九成兮鳳凰鳴青鳥不敢徠兮幻說清千秋萬歲兮永長生

竊記徽宗本紀宣和元年巳亥二月庚辰改元遂易宣和殿為保和殿至四年壬寅夏四月丙午詔録三館書置宣和殿及太清樓秘閣始重稱宣和今核上之字刻于二年庚子之甲申月乃不書保和而猶襲宣和之名此固不可不疑況丁酉日屬庚子歲癸未月之終今復隷之於甲申月之首尤有不可得而致詰者頗意此核非漢武時物字亦非宋祐陵所書雜書所載海外之國多大桃雖不可盡信或者得其遺核特依倣而𠃵之者歟然廉年巳邁舊學皆廢忘未必其言之足徵也姑書之於此以俟後之君子云

少梅賦

胡翰

少梅者以其抽毫象物託意於梅而命之也余為之賦則屈子所謂置以為像者云

夫何一嘉植兮忽肖儀而執圭解余衣以盤薄兮馳余思乎瑶之圃若有人兮獨立乎千古冰為魂兮玉雪其度擠遺世以消搖兮負娉節而不可拔恍類然而一見兮若經年之違別散縞衣於空明兮駕蜚龍以超忽情惝怳以搖曳兮氣漫汗而揮霍欻雲蒸而飈厲兮紛又繼之雨霰撫陽關與喬如

兮齊造化於一指鶩建木之旣榣兮眷瑤華其何異靚㛹娟
而㥄波兮浩綽約乎崇阿向北風而含韵兮承南服之冲和
春湫湫兮何其望美人兮天一涯折芳馨兮延佇將以遺兮
所思大化不停兮細入無垠高下散殊兮其機孔神服貞白
以自嘉兮今胡爲此滋垢也豈隨時而变化兮懼夫人之逐
臭也豫章不辨兮樗中繩墨棄厥菌蘇兮矢遂以爲直惻衆
芳之蕪穢兮天肅殺以戒寒竊獨揆其中情兮豈云異夫荃
蘭何靈均之好脩兮結珮纕而弗聊吾將欽而就實兮和商
非以進
帝嗚呼勗哉兮保兹令美世莫諒其眞兮尚識其似

弔泰不華元帥賦　劉基

世有作忠以致怨兮曾不知其故然懷先生之耿介兮遭時

命之可憐上廱蔽而不昭兮下貪婪而不貞權不能以自制
兮謀不能以獨成進欲陳而無階兮退欲往而無路忠沉沉
而不白兮心搖搖而不固繫乘黃服鼓車兮驂蹇驢以曳之
罥猛虎于籠檻兮狐狸群而制之衆刻木之枉直兮信讒邪
之流言倒裳以爲衣兮湼素以爲玄前宕冥令指途兮驅離
婁使從之教養由以攣孤兮繫其肘而引之吁嗟先生兮何
逢時之不辰生不能遂其心兮死又抑而不伸姦何爲而可
長兮忠何爲而可尤尸比干而奬惡來兮白日爲之昧幽重
曰嗚呼哀哉吾安歸乎揆揄升堂兮騶虞以爲妖殪鳳凰而
斮麒麟兮糜粱肉以養梟吠狗遭烹兮捕猶豪醢雄雞晨鳴
兮衆以爲罪忠固不求人知兮於先生其何傷國有忠而不
知兮謂皇天之不祥亂曰莽莽崇丘間無人兮天高聽遐跡

不得親兮松栢摧折荆棘長兮苦于菉葹充佩纕兮浮雲虹蜺紛縱横兮上下阻隔幽不能明兮嗟若先生卒罹殃兮姦邪矯枉歸罪愆兮咎繇不作誰與平兮跖犬噬由理則然兮麒麟豺狼不同群兮自古有之吾又何嗟乎

伐寄生賦有序

劉基

余山居樹群木嘉果駢植人事錯迕斤斧不修野鳥棲息糞其上茁異類日夕滋長舊本就悴余觀而悲之乃募趫捷腰斧鑿升其顛剜條剔根聚其遺而燔之於是老幹挺立新荑濯如若瘵瘍脫身大姦去國斧鉞之將用大矣哉作伐寄生賦

天生五材兮資土而成汝獨何爲兮附麗以生疣贅蛭嘬兮枝牽蔓縈瘠人以肥己兮偷以長榮狀似小人之竊據兮謂城社之可憑觀其陰不庇物材匪中器華不羞于几筵實不諧於五味來鳥之啄聒集蟲豸以刺蚝果被之而實萎卉蒙之而本悴壇杏無所容其芬芳甘棠曷能成其蔽芾實無膚而有害矧睚眦之可置爾乃建修竿升木末運斤生風以翦以伐脱纒牽於喬竦落纖莛之騷屑剜蘖膚以除根斆去毒而刮骨於是巨蠹既夷新荑載蕃迎春而碧葉雲滃望秋而碩果星繁信知斧鉞之神用寧能裕蠱以生患也邪嗟夫農植嘉穀惡草是芟物猶如此人何以堪獨不聞三桓競爽魯君如寄田氏厚施姜陳易位大賈入秦栢翳以亡園謀既售芊化爲羋蠹憑木以槁木姦憑國以盜國鬼居肓而人殞梟寄巢而母食堅冰戒乎履霜羸豕防其蹢躅諒前轍之昭昭何人心之自惑故曰非其種者鋤而去之信斯言之可則

葯房賦

王褘

浦陽鄭仲舒讀書之室曰葯房友人王褘爲之賦蓋美其好尚之修絜又以寓吾思慕之意云辭曰

夫何美人之練要兮謇好修以爲常既昭質之弗虧兮又婞節之孔彰爰托物以自表兮曰清修之是將滋幽蘭而樹蕙兮蘭爲佩而蕙爲纕搴薜荔以爲衣兮集芙蓉以爲裳既所服之孔修兮粲芬芬其文章所處欲其芳華兮又申之以葯房何斯房之結構兮獨以葯而爲之薦芳馨之菲菲兮絢繁飾以陸離文杏煥以成梁兮琢辛夷而爲楣橑木蘭之差差兮梲文藻其紛披繢疏牖以杜衡兮扈素壁以江蘺桂樹欝其當軒兮陰團團而成帷嗽百草爲庭實兮肆把玩乎瓊枝襲芸編以總總兮絙室契之朱絲餐繁英與落蕋兮飲流瀣以自怡澹逍遥以容與兮聊棲遲而偃仰撫榮華之未艾兮騁玆葯以自况維葯之澤兮所以示昭質之匪飾也維葯之馨兮所以表婞節之不忒也朝夕處乎斯房兮信脩潔之不忘苟所好之絕俗兮人不知其何傷方世俗之溷濁兮糅薰猶而莫質蕭艾蔽乎中野兮薋菉葹其盈室彼惡檓果何物兮亦雜然而充幃衆舍是而尚非兮孰於芳其能祗何美人之耿介兮乃獨爲此度也夫豈傲世以自異兮亦惟好脩之故也悉厥美以自棄兮固非其心之所安也使矯名而無實兮又胡若是拳拳也頤予生之倥傯兮曾靡求乎安處塊獨守此敝廬兮蓬蒿紛其環堵雖凝塵之滿席兮情晏然猶冲豫外物一無所徇兮曰惟德之爲馨冀和順之中積兮致英華之外形徒潔白以自表兮媿非予之所能既好尚有不同

兮又孰揆予之中情幸美人之嬋娟兮夙與予其目成欲相
仍乎斯房兮恐莫堅乎芳盟命靈氛為予筵篿兮靈氛告予
以吉占曰外好雖不同兮實中情之可堅聞斯語以邑鬱兮
恐佳期之遲莫思美人而未見兮悵盤桓而延竚將何物以
結言兮恨衆芳之已萎采芳洲之杜若兮聊遺予之所思願
相從而相羊兮終歲晏以為期慮誓言之未固兮結微情以
成詞

南歸賦

梁寅

感陽春之方敷兮發孤旅之遐思出都門以曠望兮具舟楫
而南歸廼迴瞻於
帝居兮薄中天之虹霓像紫宮以嶕嶢兮貫黃道以逶迤壯
麒麟之兀兀兮聳天祿之巍巍吾固樂金門之高步兮顧緣
白虎之群議顧年邁而力罷兮適形瘁而心怠麋鹿藏於深
林兮鳳鸞集夫熙世審物情之既異兮君子盍量其才器虞
德隆兮三禮明洪業建兮朝儀興煌煌乎
大明之盛典兮爰稽式而告成延搢紳以博諏兮蒐巖穴而
旁徵慙齊竽之濫列兮愧趙鐸之希聲承　賜金之渥恩兮
荷　錫服之殊榮　詔許歸而佚老兮循初服以紓情朝發
櫂於龍灣兮夕余憇夫采石歷曲洲之坡陀兮臨廣隰之洳
澤雨浪浪而驟響兮雲黮黮而凝色神魚驤其頎首兮旋鴻
駛其迅翼嗟吾行之猶滯兮望匡廬而不迫昔余之棲遲兮
固安夫寥闃也犯波濤以往還兮今何為而役役也呂望之
漁釣兮樹興王之績也甯戚之飯牛兮竟以相國也吾誠不
及古之人兮寧守夫窮獨之節也金以利而為劒兮木以直

而為搵在台巳夫踴躍兮在山焉能以自呈賢顛進而效用兮禹思退而全名或違道以干譽兮寧身困而心亨謂斯言之匪忱兮指江水以為正亂曰楚山嶻嶻雲溶溶兮返吾故廬不悲兮不逢兮羞彼齷齪擇忡忡兮涵泳聖澤希淳風兮懷空谷之賢兮賦白駒而從之

底柱賦

唐肅

按底柱在冀州大河中流禹導河自積石至于龍門南至于華陰又東至于底柱然後至孟津過洛汭而復北折焉蓋河自龍門既決以來奔騰迅快勢不可遏至是而齟齬之乃分為四流貫于三門之下然後力殺而行緩故酈氏水經謂底柱與龍門皆禹所疏鑿也昔蘇子贍賦灩澦堆以為蜀江會百水而至于夔瀰漫羔翰橫放大野而峽之

小大曾不其什一苟無是堆則瞿唐之險當不啻此予謂底柱之功亦有類於灩澦者故述而賦之賦曰

黃河之流西來數千里兮貫長城而南馳激龍門之險阨兮霆奔電馳氣洶湧而莫支歷華陰而徑趨兮乃析流而東下軌若萬騎銜枚而疾走兮將悉鋒盡銳鏖戰於平野何底柱之崔巍峚嵂兮獨嶷立乎中流儼一夫之當關兮張兵悍卒睥睨退縮不敢逞其戈矛惟崇伯子之敷土兮導洚洞而平之鑿鑿山以疏洩兮剖三門之嶔巇然後洪波巨浪齟齬而不騁兮分流析派閒度以逶迤指孟津而逾洛汭兮遂東極于大邳苟非是以中梗兮曷以殺天吳水伯之淫威予嘗駕方舟而遠求古蹟兮誓將豁心胸於浩蕩過黃老之神祠兮溯蝦石之決灢睇連天之脊樾兮干雲霄而直上濁波汩汩

包其下兮顯神功於俯仰使昔懷襄之莫救兮匯四海爲一區上巢下窟之赤子兮始皆戢以爲魚覽斯險而嘅嘆兮雖天造而地設微玄聖之大智兮孰能成夫萬世之烈彼蜀江之灧澦兮羌地勢之所同誦金聲於儋叟兮信物理安危之所從噫吁嚱世道降兮風移而俗媮頹波汗漫兮忘剛而茹柔魚鰕鼓舞兮蛟龍鬱紆豈無吾人之底柱兮障百川之橫流

大韶賦并序

丘瓊

傳曰堯作大章舜作大韶韶繼也言舜能繼紹堯之德也周禮曰大韶禹樂名也言禹能大堯舜之德也前乎舜者堯非不繼嚳也後乎堯者禹非不繼舜也特於舜言繼者法成乎堯也在嚳之時法猶未成堯雖繼之而可繼之事未備舜協于帝在舜之時功爲已協禹雖繼之不足爲難矣則可繼之善善繼之功唯舜獨也是韶爲舜之樂無疑季札觀樂見舞箾韶者曰德至矣盛矣如天之無不覆幬如地之無不持載雖甚盛德蔑以加矣後孔子學之於齊三月不知肉味曰不圖爲樂之至於斯也蓋知樂之盡善盡美莫過於韶宜當時之感召丹朱在位群后德讓祖考來格鳥獸蹌蹌鳳凰來儀也然非舜之德致和於上樂之召和於下何以臻此哉故述而爲賦不徒極其聲音之美而且本之舜之德云賦曰

有東吳公子北走齊魯之疆觀于嶧山而見孔林之主人焉主人曰公子之遊也亦將有所睹乎曰無也生於震澤三泖之上僻陋寡聞竊慕禮樂之事而六律七均之制嘗究心久

矣願有請於大人先生焉主人曰嘻吳會東南之天府而天下之善音萃焉然公子猶有所未足者豈將厭澹泊而說鏗鏘乎必將挾陳娥携趙女擫鵾絃考鼉鼓若是以為樂乎公子憮然不悅曰霓裳之曲唐之所以播越也廣陵之散晉之所以分裂也固不足言矣若此者又夷狄之樂無異紂之靡靡以亡其國者豈君子之所樂乎願聞其他主人曰七德之歌七德之舞太宗之肇王業也亦嘗聞之乎曰伯者之事予孫無所法焉曰漢祖蹴蹶龍飛沛中置酒層臺悲歌大風造基四百光啓西東若是何如公子曰猶有伯心之存也駁而未純然亦一世之雄乎請言其上主人曰抑聞武之六成乎武之濟河而西也馬散弗乘牛散弗服倒載干戈包以虎皮天下知其寢兵不用也爰作武以象功焉鼓以戒衆久然後

戰也長歌連延起其蕤也發揚蹈厲時不可失也故一成北出再成滅商三成自北而南四成南國是疆五成分左右以居周召六成復始而為天下王振鐸夾舞秉戈鷹揚若是何如公子曰其容美矣此武事也未盡善也請言其上主人曰其惟舜之大韶乎當夫六府治三事和叙九功形九歌嶧陽之桐可以琢琴瑟焉雲夢之篠可以為管籥焉泗濱之石可以礱而為磬焉荊山之金可以範而為鏞焉八音既具而大體短脰之屬有力而不能走者以之為鐘簴焉小體騫腹聲清而遠聞者以之為磬簴焉其作也控以合之其終也揭以止之洪者鏗而充清者磬而介淒切而不流泛濫而可會嘗夫 朝廷之燕享宗廟之祭祀於是而奏焉升歌在上匏竹在下代作間奏秩秩有序或擊或戛或拊或搏清亮而高遠

象乎天之渾淪廣厚而含容象乎地之磅礴一變一通兮四時之終始一散一潤兮風雨之回合是時也熈熈然八荒一春皡皡乎洪荒大朴格三苗於洞庭舟朱賓而有恪俯而聆之純如辛甘之相濟皦如有倫而莫紊詘如斷王之傻續繹如驪珠之碎落飛流合而萬壑雷轉清風生而天籟交作吟九囦之老龍唳九皐之玄鶴既么妙而悠揚亦和平而澹泊無悉微[redacted]以感其憂無嘽諧慢易以感其動於物也客何爲而肅若神何爲而來思獸何爲而舞於土階鳳何爲而翔於茅茨明協乎大章博擬乎咸池所以保無窮之治以示安而不忘乎危也悼六龍之南巡歷蒼梧而上九疑阿毋之玉琯猶在湘靈之錦瑟空悲悵遺聲之寂寂呌有虞兮遠而然而齊之有韶陳亡而流於茲也海外之有韶聖人之化

播於蠻夷也宜季札觀之而知德仲尼學之而忘味彼武之六極於陰特著其武功此韶之九極於陽寔昭其文治也公子以爲何如公子迺避席而謝曰至矣盡矣不可以有加矣主人曰未也請授以九德之歌其一洪流橫曰玄黃判風氣開洪流橫民乃災五行汨帝爲哀禹治之啓始孩決九川平九垓百穀生田毎毎其二洪流殺曰洪流殺兮民災既除山有鳥獸兮川有魚爰可食兮可居胥樂且歌兮毋忘厥初其三三苗格曰惟聖亶聰撫有九圍蠢蠢三苗險阻是依出師于南奮我帝威我師旣還苗亦來歸其四四凶黜曰德與刑兮國之經四凶斥焉八元在庭帝無爲四海寧其五正德之歌曰惟天降命物必有則民之曹曹胡乃自賊五教不行禽獸夷狄聖人龍飛四方之極其六利用之歌曰水既平兮別

九州下爲隰兮高爲丘徒則軒兮涉則舟以羨濟乏兮百貨
流財孔阜兮樂且無憂其七厚生之歌曰下民孔艱兮遭墊
溺寒我衣兮飢我食我無民遠兮父毋職其八鳳凰來儀曰
堯不德兮舜不辭授以天下萬物治寒暑無易風雨時簫韶
九奏朱鳳儀其九萬世賴曰天覆地載高廣莫測孰私養是
俾衣而食帝治天下如埏如埴萬世賴之安知其力公予曰
嗚呼禮廢樂崩幾千秋矣而始聞主人之宏論乃復爲之歌
曰雅南已亡兮流濫曷正戚鬳栗雷怒兮空桑無聲綠綺不陳
兮薦檀槽與築箏妖倡爲妍兮嘯鸞鵠而啼燕鶯孰究夫大
韶之盡善盡美兮寔媿夫六英六莖後千載之聖人兮集厥
大成安得聞九奏於清都兮御天風而上征

石經賦 并序　貝瓊

五經載道之器也秦燒詩書經燬而道自若也漢求壞爛
之餘書禮樂已殘缺卜九惟易以十筮存詩以絃歌存春
秋以口授存而俗儒章句之徒傳會穿鑿使五經大義不
明於天下不亦悲夫靈帝熹平四年議郎蔡邕與棠溪楊
賜馬日磾張馴韓說單颺等求定六經文字詔許之邕乃
書冊于石命工刻之立于太學門外時四方摹者日以千
計然未知道之所存也特以邕之書耳洎唐文宗時高重
爲國子祭酒與鄭覃復刊定九經于石嗚呼漢唐石經已
風摧雨剥於數百年之久與岐陽之鼓嶧山之碑同一榛
莽已因推衍其凡以爲之賦云賦曰
繄聖作而明述兮尼父集夫大成歷四海其遑遑兮威鳳瘖
而不鳴吁嗟時之終否兮託空言以載道世莫知余奚恤兮

閱萬世其杲杲嬴既暴而不德兮舉六籍而火之蔑先王之
仁義兮尚法律而爲治悲祖龍之鮑腥兮阬亦湮而無烟易
幸存於卜筮兮詩亦肄於莞絃春秋闕而不出兮禮樂佚而
不全科斗蟄於壁中兮光白虹之射天嬴遂僨而劉王兮家
六合而寧謐乃傴華而爲軒兮掇壞爛於十一洎六葉而遘
武兮炳大明之當中黜百家之肴亂兮一道術而異同易科
斗而爲隸兮役家畜而人誦道固不可泯兮亦何待夫汗牛
而充棟時既降而道晦兮經蟫滅而莫收割申斲之或舛兮
衆咸失於校讎屬熹平之四祀兮帝孝靈之當宁正俗儒之
穿鑿兮偉中郎之博古辨魯魚與亥豕兮刻南山之堅珉巍
乎四十有六兮樹翼翼之成均鉤鍥畫之屈強兮妙骨氣之
洞達非餓隸之羸形兮非寒岩之枯枿非醉草之欹斜兮非

劍舞之渾脫初崩雲之恍恍兮粲列宿之離離鸞振翼以大
矯兮樹交枝以參差鷙鳥攫以作飛兮群鶩游而戲海波鶴
頭蚓隼尾兮曾何足以爲態捷奔泉之渴驥兮縱入草之驚
蛇勢或埒於墜石兮體巳悟於畫沙觀者紛其堵立兮車連
運其日至豈八法之是尚兮幸經存而不墜陋石鼓之剝
兮鄙漆書之土瘞觀奇陽而偶陰兮窮太極於有無感堯湯
之渾放兮求厥中於典謨何二南之和平兮悲雅變而逮胡
儀三千與三百兮伊朝夕之攸執何曲折而精微兮謹一出
而一入嗟聖人之憂世兮徒感麟而掩泣二百四十二年之
筆削兮義既勸而奸戢正夷夏之内外兮亦綱常之攸立夫
何經之徒存兮昧古訓之時式痛貴宮而列肆兮盛後宮之
傾國奄豎黨以盤錯兮又孰恤乎社稷九州裂而鳴時兮黎

庶化而爲豺經雖鐫而何補兮政與道而相乖逮有唐之文宗兮乃繼漢而有作鶴巨石之嶄嶄兮列廣庭之落落吁回首其幾何兮悉風摧而雨剥文斷缺而莫辨兮委荊棘之漠漠吾恐爲沉犀於蜀門兮同刻鯨於昆池曾不若慶雲與松風兮託艮岳而効奇文焉得紀功千載兮擬峋嶁之禹碑辭曰已焉哉石經泐兮剡藤出書連車兮布萬國撫遺墨兮相得失道之存兮昭白日

廣寒宮賦

汪仲魯

按唐逸史異聞錄所載明皇遊廣寒宮事語多不同然皆怪誕不經之辭也惟廣寒宮之所以得名則有可推者蓋日陽精也主乎離月陰精也位乎坎日月運行而寒暑生焉則是月也者以其配坎生寒而得名也歟世言嫦娥居之者豈亦以陰柔爲陽剛之配故有是說猶乾父坤母之義也歟故託爲素娥之辭作廣寒宮賦

夫何素娥之嬋娟兮爰託身於廣寒質團團而外融兮心熒熒而內安念茲宮獨弘敞兮匪刻桷與丹楹奄青雲而上覆兮棟虹蜺而中橫靈星外峙兮泰階前平井木東植兮兌金鑲蘁爛壁奎以交映兮垣墉周乎列星豈工師之巧思兮惟太一之玄精虛豁洞達兮晃朗穹窿照耀無方兮高明有容規天以爲度兮環海以爲疆炯素肌之煒煒兮播下土而流光蔥獨處此中宮兮感四時之代序含柔姿蘊靈德兮朝晦藏而宵睹朒朓警而朏魄充兮識盈虛之有數驚爽籟之潛發兮向清飈以延佇露方瀼瀼星白兮霜文凄其盈宇彤圓靈既雪疑兮顧柔衹復冰積甚冷光以無眠兮含翠輝而欲

滴何默默而靡言兮悼群類之生生粤陽明之和煦兮匪陰靜其焉成志專專而靡他兮物已遂而居貞宣宮居而孤歎兮不貌飾而情更慳長位茲北坎兮配離麗之明明彼兔蟾與桂樹兮固無取乎此也杵玉臼之玄霜兮孰謂長生而不死也羿妃竊藥工逃兮旣怪謬而匪經唐皇託以夜遊兮誕惟欺夫童寘倘極一理於天人兮信吾廣寒之有徵辭曰日月運行寒暑生兮一寒一暑歲功成兮配日惟月秉陰靈兮厥靈伊何匹妃惟貞兮父乾母坤柔順以承兮位坎處中厥宮實名兮內守不渝蘊玄之精兮洞濟六合德耀斯宏兮巖凜姿容夜煜秋凝兮猗歟廣寒懸象著明兮

弔虞城賦

王翰

春秋哀公三年書虞師晉師滅下陽五年書晉人執虞公

以貪賄爲首惡亡德不與滅也自有宇宙來瀆貨而無厭背親而棄義挾勢以凌人者無不取其滅亡者也予典教平陸親履故墟徬徨而不能去悼荀息之詐議傷宮之奇之忠諫百里奚之明見也賦以弔之辭曰

繄虞郭肇封兮實皇姬之同宗桓莊之懿親兮匪執道之不恭彼詭諸之蠶食兮魏耿霍以從庸實以啗虞兮其徂先羞也舉下陽之有言兮南鄙之仇也襲虞而劫君兮盜賊之尤也虞公而棄民兮惟鬼神之是託冒賄以迷惑兮曾不恤而顧嚎杜忠諫而不省兮且媚強以擠弱奉玉馬而俘獻兮未聞賸秦而錯愕井伯仇而嘿嘿兮惛懵之靡也宮之奇欵實兮知國之不可倚也五羖先事而遠逝兮禍不可得而止也貪貨而樂亡兮寧死而不知與強而滅人兮適足以自戕

聖誅徃兮為來者監 兹亂曰流潦淫兮舊道改深堂平兮故
城壞衰索頹軨而不知其處兮振郛門之安在鳥獸悲兮斜日
隆穢草滿兮溝塗横 潰悼古以攄辭兮弔西風於一酹

閒田賦

條山之陽黄河之傍 灌莽極目獣駭鳥翔畎畮縱横以遠際溝塗陂陁以衍長經界宄其未改廬井巳不可得而詳問平高之耆老乃知古虞芮之故邦及芮伯爭而未决質成於文王者也嗚呼姬周之造跡自后稷之建邦公劉之啓土古公著撫民之庸王季號勤王之祖至翼翼之文王得奔奏禦侮之賢輔三天下而有二猶臣服商受而遵王之所也傷漢儒之鄙陋議圖讖以尊誣以虞芮質成而被化為周始稱王而受符以區區之陋邦覩至德於須叟來四十國之臣妾如父召而子俞文王之受命固定于虞芮之質成若尊號改元斯盛德之所必無也嗚呼天有昭昭之明無諄諄之教視其命之去就在人心之惡好苟處時而得中何必册書朱雀而為符吉也眺荒原之茫茫撫往事而增悼追淳風之不及傷衰世之末造誦綿詩而永嘆為執筆以三吽

離讒賦有序　　楊士奇

余讀揭文安公所為幽憂賦為其友辨謗累數百言既恐不能白於前又恐不能信於後揭文安公真盛德哉今之被謗類是者未聞有一人如文安公者為之辨古今相去豈遠邪非其知之者寡歟為賦以辯之

離讒毀之横發兮志沈鬱而弗宣指厥行為淫僻兮余憤惋以代言惟弱操其好脩兮穆冐冠而復方被禎霞以 為衣兮

【皇朝文鑑卷之二】

十六

攬素霓以爲裳援古人之高駕兮將馳騁乎雲之路豈發動
循未遥兮遽揹矩而改錯襲仁智以自重兮乃承謗而逢尤
肆腥膻其酷烈兮又何有乎杜衡與江蘺相梧桐之梃特兮
鳳凰翽而來止既鄙薄又不潔兮謂伯夷之所以紛讒口之
嫉妬兮羌惟聽而不味也固衆人所一情兮謂夫人亦不異
也彼自好循弗珍兮實諸人乎奚疑曰忠貞不可恍兮何貪
婪而又不惑言倡一而和百兮明智孰諒其允臧告曾參且
殺人兮毋循忡惕而惶惶傷白黑之混一兮竟莫察乎其故
亘悦悦以亘暮兮夕營營以連曙重曰世夢夢既不顯兮又
曷究結而煩情上白日何皎皎兮庶幾循鑒乎中誠槩發辭
其不衷兮揆於余又何有從言申申以騁婣兮終不究而寤
擁昔人有明訓兮止謗曰無校聽來日其悠遠兮庶秋忽兮

循覺

閔志賦　黄淮

閔予生之多故兮羌不知其所從肆遐搜而隱索兮究微末
之始終繫髫年之向茂兮卽有志於聞道呻佔畢而事鉛槧
兮夫既從吾之所好奮俟頬而躋璧雍兮謂青雲平步而可
登探蟾窟以擢桂兮翼蜚鵠而驂鵾鵬琅璚琚于天衢兮與
夔龍而接武集鳳池而上玉堂兮冒衮職之莫補仰
繼明之垂照兮荷眷遇於日隆賚予紛其駢蕃兮寔千載之
奇逢誓輸忱而瀝膽兮覬圖報於涓滴差夙志之未酬兮遽
速釁而罹辟懷兢惕而内省兮豈持操之靡常也何弗良于
行兮致顛躓之我戕也駕指南而之河朔兮遐不虞其所届
結蘭茝以泛濵勃兮亦罔知其攸齊聞　德音之煥頒兮咸

鼓腹而興歌慨涸鮒之枯竭兮猶未沐乎恩波意休復之 有方兮契我龜而燋之招巫咸使考卜兮或開予而導之調陽舒陰慘兮皆至仁之流形彼困心衡慮兮庸玉汝於有成亮食兆之告吉兮亦昭昭其孔彰也時賢哲之遺訓兮將何脩而允臧也重曰孰始而張緊帝力兮孰後而遏自貽戚兮處困而亨致命以爲則兮噫嘻小子慶其無斁兮

述夢賦

胡儼

登高樓之崔嵬兮軼氛埃於層霄天宇廓其洞虛兮際空明於沆寥綺窗朱綴紛玲瓏兮風肅肅而下飄覯真人於玉臺兮粲彩鳳而逍遙披太霞而進謁兮蹙然閔余之瘠磽啓靈文而欲授兮頤塵昏之未銷既食余以麟脯兮又歠之以醇醪琴高鼓以清瑟兮飛瓊況其雲璈邀王喬而宿之兮吹參差於鳳鞄何處子之綽約兮嫿脩眉而娥翠翹肅歛容而不敢訊兮欻凌風而高超余惝怳莫知所之兮王子導余以遊遨挾光景以凌厲兮薄星辰而上朝撫扶桑之東枝兮擥若木之高標駭神鼇之贔屭兮天吳出而舞潮方遊鷗之擊水兮倏鵬翼而扶搖振余袂於千仞兮晞余髮乎陽喬升崑崙而食玉英兮湫瑶水之蕩潏金堂閬其無人兮悲蟠桃之不實駕青虬而高馳兮過方諸而一息珠宮貝闕嵯峩兮蔭玉樹而蕭瑟稜飛儛之冉冉兮慨弱流之無極盧生去而不返兮海若誇於河伯陋夸父之不知止兮家愚公之又惑召荼壘於杜索兮戮雄虺之九首擲封狐於萬里兮顧夔魈乎何有命庚辰於淮溪兮摧支祁於龜山揳貐殪于青丘兮檮杌

遂乎荆蠻豺虎深藏而遁跡兮蛟螭匿蟠乎重淵檻余轡以
儃佪兮飄然遊乎瑶之圃步春臺以寓循兮觀均天之萬舞
幸余逢此休嘉兮内欣欣而和煦羌回車以復路兮順凱風
而曾舉山窅窅而雲冥冥兮佳木秀而承宇紛紅蘭於廣術
兮喜芳菲其襲予悅然乎歸來兮惟覺時之寢處寄遐思於
寥廓兮玩抑芳而容與

北京賦

李時勉

惟
皇明之受天命也我
太祖皇帝首仗義師以平暴亂豪傑景從聲振江漢削除僭
竊拯民塗炭定鼎金陵撫綏萬邦乃睠茲土寔定雄朔方傚成
周之卜洛欲竝建而未遑逮我

聖上繼明重光握乾御極一遵舊章仁聲洋溢乎遐邇恩澤
汪濊於八荒既致治於太平遵
皇衢以省方仰　先志之未遂度弘規以作京羌經營之伊
始徧夷夏其懽騰曰惟北都在冀之域右挾太行左據碣石
背疊險兮重關面平原兮廣澤宗恒嶽其巍巍鎮醫閭而奕
奕冠九州之形勝實爲天府之國是以軒轅邑之以分州唐
堯階之以爲帝擴神化以宜民大勳德之光被鬱王氣之所
鍾于今茲而有待也於是仰瞻析木俯測地靈龜筮兆吉天
人叶應神祇獻珍而山石自出河嶽效靈而神木自行民子
來兮相續期不日而成功爾乃懸水樹臬識景集營方位既
正高下既平群力畢舉百功竝興建不拔之丕址拓萬雉之
金城引天泉於西阜環湯池而鏡清九衢百廛之通達連甍

還宇之縱横顧壯麗其若此非撫逸而娛情蓋所以强幹而
弱枝居重以御輕展
皇儀而朝諸侯遵先執而布仁政者也若乃四郊砥平皇道
正直視萬國之環拱適居中而建極其南則萬流宗海平林
蔽天攬邯鄲鉅鹿之廣衍貤平疇沃野之綿延滹沱恒衛經
其野濡磁淶桑匯其前界以大陸鬵阿之弘壤陁以大茂井
陘之連山包絡趙魏襟帶齊魯膏腴之地綿亘三千餘里而
極于黄河伊潁之川其水陸之所產卓犖繁盛蓋莫得而計
焉其址則疊嶂巃嵸危層巒巀嶭長城矗乎雲表百泉湧乎山
隈壯天關而設險守一夫而莫開偉左盤而右顧宛鳳舞而
龍飛寔磅礴而鬱積奥擁衛於邦畿包狼山上谷之阻據野
狐獨石之危掩祖山木葉之雜立連白登紫塞之逶迤控女
真而極乎洮河之北鎭朔漠而逾乎瀚海之滑穢貊之類犬
羊之群畏威懷德相率而來歸其東則潞河通漕控引江淮
肥洳灤淶灌注縈廻連峯片石之隘首陽崆峒之厓玉田白
壁神仙鐍臺趨無終而越金山跨遼瀋而逾鴨緑至於暘谷
日出之涯固已遐哉邈乎而莫不在乎綏懷環以大海衆水
所歸洪濤巨浪洶湧崔嵬蓋不知其幾千萬里而蠻商番舶
帆檣隱天上下不絶而往來又有蓬瀛方壺鳳麟聚窟十洲
三島靈異非一流精之闕瓊華之宇墉城石室金臺玉律紫
氣丹青景雲矚目靈圃偓佺安期羨門之倫相與遊從乎其
間出入隱見而恍惚瞎
帝京其伊邇庶可見其驂鸞駕鶴之髣髴其西則崇山鬱嵳
高捍泰岱北接居庸南首河内奇峯擁闕龍門阻隘玉泉垂

虹青烟浮黛上巘嶌兮倚空下蟠据掾而際海其麓則有渾河
湯湯西湖泱泱鹽濼琉璃桑乾廣陽雪波泛湧灝漾汪洋一
瀉千里會流　帝鄉又有上林禁苑種植畜牧連郊踰畿緣
丘彌谷澤渚川匯若大湖瀛海渺瀰而相屬其中則有奇花
珍果嘉樹甘木禽獸魚鼈豐殖蕃育馳騁籍籍不可得而盡
錄固可以因農隙而校田獵選卒徒以講武事乃導國風稽
王制詔期門簡將帥乘玉輅擁翠蓋出天關而雷轟轢芬郊
而雲會非所以威戎誇狄娛樂騁意蓋將取不姙而除苗害
狩無擇而順殺氣謹大易之用於三驅之時驗騶虞之仁於
一發之際水衡虞人之容與武夫壯士之奮厲皆知夫仁者
之爲勇而以投石超距之足鄙亦何必殄夷禽獸割鮮野食
而以俛仰極樂之爲貴也若夫其宮室之制則損益乎黄帝

合宫之宜式遵乎
太祖貽謀之良居高以臨下背陰而面陽奉天淩霄以磊砢
謹身鎮極而崢嶸華蓋穹崇以造天儼特處乎中央上倣象
夫天體之圓下效法乎坤德之方兩觀對峙以嶽立五門高
矗乎昊蒼飛閣屼以奠乎四表瓊樓嵬以立于兩旁廟社竝
列左右相當東崇文華重國家之大本西翊武英嚴齋居而
存誠彤庭玉砌璧檻華廊飛簷下啄叢楹高驤闢閶闔其蕩
蕩儼　帝居于將將玉戶粲華星之炯晃璇題納明月而輝
煌實珠焜燿於天關金龍夭矯於虹梁藻井煥發綺窗玲瓏
建瓴聯絡複道迴衝軼霄漢以上出俯日月而盪胸五色炫
映金碧晶熒浮輝揚耀霞彩雲紅其後則奉
先之殿仁壽之宮乾清坤寧眇麗穹窿掖庭椒房閨闥閣通

其前則郊建圜丘合祭天地山川壇壝恭肅明祀至於五軍
廡府之司六卿百僚之位嚴署宇之齋設比館舍而兹置列
大明之東西割文武而制異至於京尹赤縣之治所王侯貴
戚之邸第辟廱成均育賢之地守羽林而掌佽飛者至九十
而有四衛莫不井列而碁布各雄壯而偉麗其岩廓之上則
有皋夔稷契之倫元凱俊乂之輩相與賡虞廷之歌談羲農
之際罄補袞之能懷忠貞之志考禮文於大備贊聲樂之盡
美是以　朝無缺政德教漸暨薄海內外均陶至治幸其有
作盡來趨事成此夫功忘其劬勤人和既極休徵滋至慶雲
瑞露之覆于闕庭素烏玄兔之獻于　丹陛醴泉屢出甘露
數墜麒麟騶虞之珍馴獅天馬之類紛紜雜遝莫能殫記于
以見　天眷之益隆而

聖德之純備者也於是正月上日工既訖工爰告成於天地
肆紹美於祖宗清心凝慮齋沐肅雍粢盛既潔牲牷既豐芬
郁郁以秀達靈繽繽其來降錫嘉貺之穰穰介景福於
帝躬將順應於昌期趾盛美於無窮乃服袞冕御
帝座開九重之深宮受萬邦之朝賀內侯甸而要荒外殊方
而異俗胥近悅而遠來紛鼓舞而匍匐方物溢以充庭參絢
爛而駭矚率蹈舞於階墀效華封之三祝爾乃浹和會昭景
鑠鏗鯨鐘奏雅樂　詔光祿以開筵合百辟而燕樂饌珍玉
兮芳馨罍瓚漿以斟酌聯貂蟬兮夾陛雜蠻夷之荒服莫不
酣暢而飽德咸頌歌而踴躍越填城而溢郭謳歡聲於寥廓
斯可以媲太古之無為慶華胥而蹈栗陸顧
皇上之謙抑視至治為未足於是降德音播嘉惠省刑罰薄

賦悅汰宂濁旌廉吏舉賢才擢俊乂發倉廩賑貧匱尊高年而禮有德慎防禦而修武備貴爵重賞以厲廉耻厚往薄來以馭夷裔蓋欲使人知所本士知所勵四方萬國無一民之失所窮陬僻壤無一物之不遂舉陶於春風和煦之中而樂於雍熙泰和之治此蓋堯舜兢業之心文王敬止之意所以紹
鴻業繼
先志益宏遠而有偉故不勞而甚易冠絕乎前古垂休於後世固可必
聖子之與神孫益昌盛而無替小臣微陋忝職文字顔賦
帝都之盛颺揚
國美於萬禩復爲之歌曰煌煌
帝都兮逾鎬豐阻山帶河兮壯以雄天開日明兮王氣所鍾穹隆造天兮惟
帝之宮廓氛侵兮開溟濛鎮夷夏兮宣皇風王道平平兮四方來同顒
皇圖之鞏固歷萬世兮無窮

方竹軒賦

金寔

秋孟之夕覺非道人寓宿於主人之軒見植竹焉外方中堅峭然觚稜扣之如石有聲硜硜予怪其不類衆竹戲若有評后皇植物各畀以形洪纖肥瘠莫辨其名毫忽無僭若治剖荆壽斷竹之產爲類實繁寄哀瀟湘託興淇園嶧陽之材聲叶鳴鳳箘簵之堅荆揚効貢黃岡如椽用代陶瓦篔簹篠簜生束之盈把由衙雞脛般腸射同蘇麻篔簹笆箪鍾龍體柔爲篩節促爲豐刃毒爲簴依木爲弓毳毛爲筍扶老爲笻名雖萬變莫不示圓於外而抱虛於中故能文理縝密而節槩疏通

迎刃而解落籜以從桃笙蘧篨織翠生風纜維砥柱力縮縢
欄竿旄孑孑旌旗蔽空彤管煒煒横出詞鋒肅韶九奏至和
攸同他如器使惟適所逢皆所以弼成人用而翼贊天工者
也爾之為質外方内塞肌不柔順性復挺特隱括莫施何堪
組織豈非才不適用而名浮其實乎言既而去逡巡就睡夢
一玄叟傾然而長雙眉入鬢鬖衣無裳頭角峭厲棖立木僵
歷階而進出聲琅琅凡今之人喜圓惡方項闒誚譏顧不敢
當予非舍圓而不居蓋亦天賦之有常矧夫方圓不侔自昔
為訕孫高棘軸不能獨運鑿枘異投終底于吝黜直見疏弘
詐乃近正論天人江都遠擯恢諧詭奇金馬日進固知讜直
以遂私不若執方而自信也且物生而才罕節安處雕礱斲
削自致困苦樗櫟臃腫斧斤莫尋桐杉楮野枳棘成林天齊

我才實非我仇以才莫全我獲實優方將勵吾之方堅吾之
塞保天之全資地之力長我兒孫同居壽域邀涼月於江上
疏冷風於座席有愛我者過從成癖敲門竟造不辨主客扎
蘧奚生逍遙甚適彼以才而効用於世者自視於予未知孰
得而孰失也予驚而寤萬籟俱寂明月入戶涼在巾舄惟見
此君挺然于庭粉垣鑄影一塵不驚脩柯滴露鏘然成聲予
乃爽然如失惕然而惺乃歌曰圓以智行兮方以義守智或
有窮兮義則可久以虛而適兮以實而塞通或潰決兮惟塞
乃格才應時用兮拙為世捐用則精弊兮捐則神全竹兮竹
兮子將謂汝為方兮而不識汝之大圓

赤石潭賦

周叙

正統九年甲子之秋七月既望予以使命便道還京宗親

故友餞送于赤石　宦游萍梗出處難甚詎慨然有懷遂作斯賦并辭曰

泝文江之橫浦至赤石之澄潭水萬頃以凝碧山四合而染藍信乎其乾坤所融峙而仁智所樂耽也觀其崖石磊砢峭谷谽谺爛如原火燁若朝霞入玄圃而莫　測滄波其無涯當夫春江方張駭浪驚濤洶湧激撞金山鐵壁不足以侔其壯洎其秋潦已淨天容月色空曠虛明彔舒鏡展不足以擬其清則斯潭之所以得名爲可徵矣若乃睠乎其北則三凹屏列諸峰鄰屯大宛旋凱而龍馬交驟昆陽戰敗而虎兕群奔望乎其西則近接鷹湖遥連錦峰白沙翠竹之掩映煙村雲樹之欝葱慨鄉哲勝遊之舊躅念先親遺直之英風至於東則澧溪金港之交流釣臺鰲山之錯峙能不感夫金宋搆兵炎帝遷播而鳳艦龍舟亦嘗至於此乎南則虹橋綠野佛剎仙臺藹林泉之幽翳聳劍石之崔嵬騷人墨客固多留憩眞僊杳冥寧復有浮空而往來者乎蓋其爲地也豁故能合數百里之大觀其爲景也奇得不起千萬年之遐想此古今過從者之同賞也而余猶獨有所悵惘昔余之少而處也從宗族父兄省丘隴於茲潭之山陰負春露之凄愴撫秋風之宰樹殆德澤綿而嗣守固也頗睠潭濱之他隴樵兒牧豎躑躅於孟嘗之墓豈非富貴而改其素乎逮余之長而仕也幾舟楫往還於斯潭之水滸把離觴之汲汲趍王事之皇皇中抱冊而鬓毛蒼矣反羨其旁居人釣叟慨然於無懷之鄉又何身世之忘豈非貧賤而任其常者乎烏兔跳丸彭殤一軌歎榮瘁之浮漚悲老壯之逝水擊流光而歌之曰潭之波兮

悠悠去故鄉兮鄁可留潬之石兮峨峨惟令名兮不可磨俯
水際兮馮夷仰天畔兮嫦娥倡莫余和兮奈術何

黃河賦

薛瑄

吾觀黃河之渾渾兮乃元氣之萃烝濛洪源于西極兮注天
派於滄瀛貫后土之龐博兮沓玄溝之晶明遏積石而左轉
兮龍門呀而峻傾薄太華而東驚兮撼砥柱之崢嶸入大陸
而北徙兮迷不辨夫九河之故形經兩海而紀衆流兮擅浮
沉之濯靈覽頹波而懷明德兮文何莫非姒氏所經營登崐
崘而俯視兮固彷彿其初迹馭高風而騁望兮遂周游其曲
直何末流之混濁兮始清澂而湜湜羌滄艷而徐趨兮勢沄
沄而自得觸險石以鬬暴兮訖雷轟而轂擊天宇撟其沆漭
兮泚上下之玄黃霧雨霈霈而滃集兮混邃古之洪荒微風

蕩拂而漁散兮天機組織其文章頹忽浩而洶湧兮百怪垂
涎而鼓揚腥雲濁浪以盪汨兮恍惚顛倒夫舟航靈曜升而
赫照兮乘正色於中央望舒在御而下臨兮列宿涵泳其光
芒若乃震乘符以行令兮百谷滛滛其湫釋山澤沮洳以上
氣兮增浘瀁之洋溢魚龍乘濤以變化兮杳莫測其所極祝
融載節以南届兮雷雨奮迅以霶霈潢支流而股合兮百川
并而來會禾輪囷而漂拔兮蔽雲日而洶汰狂瀾洶而齧岸
兮塊土焉塞夫衝潰霜飛嚴而木脫兮少昊執矩以司秋川
渚緬邈而石出兮始殺湍而安流霰雪紛其四集兮顥頊乘
坎以奮神大塊噫氣而挐軌兮流澌下而龍鱗層冰橫絕而
山委兮河伯驅石以梁津羌險夷而明晦兮變朝暮與四時
飈風起而衝木兮蟒怪駭其難推覩圓方之一氣兮恒來往

而密移昔尼父之歎逝兮跨百世而罕知顧川流之有本兮
與中古以為期啓龍圖而覶六一兮慎主宰之所為喟余心
之未純兮感道妙之如斯聊誦言以自明兮歷晝夜之靡虧

皇明文衡卷之二

騷

思孅人辭　　宋濂

吾鄉呂成公實接中原文獻之傳公殁始餘百年而其學殆絶濂竊病之然公之所學弗畔於孔子之道者也欲學孔子當必自公始此生乎公之鄉者所宜深省也嗟夫公骨雖朽公所著之書猶存古之君子有曠百世而相感者況與公相去又如此之甚近乎聞而知之蓋必有其人矣托物引類作思孅人辭辭曰

惟孅人之慉嫕兮賦姱質於自然偭蛾規而凝黛兮曼目轉以成聯妥鬒髮而如雲兮靨輔巧以承顴纖腰秀頸若鮮卑兮容都曼面體便娟寶璐縈而右繞兮袿徽媠以半偏懸明月以綴佩兮錯木難而傳冠向瑤臺而微步兮意憺靜以貞閒窈妃之倫折芳馨以相遺兮復溶與乎江下勢翩翩其褰舉兮若游龍之在淵胡人間不可以久留兮遂凌厲乎高寒馮道紀以爲御兮隸天和而爲飧徑馳馭於陽陰兮時上下乎星辰款予生之何晚兮不一覿於芳儀念姱嫭之鮮雙兮遡迴飈而曾思歔愁悴而委惰兮氣涫瀄以如炊道苟可以遐之兮視萬里猶門墀登嶇嶔而騁望兮正晨旭之蒼凉氛曀豁而闓朗兮莽山川之縱横樹輪盤糾而紫虎兮蘋艸叢靡以相望豐狐思羣而永嘷兮文鷸梟類以徐翔企情爽之不徠兮空雲龍之將將蹇侘傺而望絶兮擢靈留其西戢降崇丘而臨曠野兮循故轍以東歸向闌楯而徙倚兮境外嬰而愁內滋新蟾皎以出天兮想纖渼之曲眉繁星爛而成文兮

懷繡帔之陸離蒼灝霩落而無滓兮思玉體之弗緇拂蘭袖
而起步兮復經綈乎空庭若鴻鴈之離離兮厭羽蟲之薨薨
撼戶櫰以悲惻兮惕晉容而弗自勝轉曲牖而入堂壇兮徘
獨坐對乎華鐙鐙影徙曳如鳥擅兮象中心之靡寧寒龐狺
狺而競吠兮耳恍聞於跫音疾倒屣以啓關兮飇鬪葉於枯
枿縹綿綿而莫抒兮托幽寄於瑤琴琴聲咽而思深兮類孤
鵾之鳴陰更冢嘆以將闌兮斗杓旋而向東舒枕衾而就榻
兮期夢寐以潛通精氣注以弗釋兮橋有物而衡中息纚纚
以方微兮竟翕翕而上征造旬始而謁太儀兮群靈繽其若
蕺氣旋落以隨森兮鳳旍沛而嬰空馭象車而秉虯節兮鞭
列缺以斥豐隆豹蟠熊幡聿皇以奮兮繆流紆譎鬱以相蒙
左撝右衛動以綳環兮倏胖倩浰雲瀚而雷舂回穴蟠纚汩

以艸歙兮吸噏瀟率謂以蒙鴻穆眇眇以前邁兮翩衿衿而
弗止彝冥冥以無垠兮騖皇皇而迤靡超氛埃而淑郵兮竟
接彎乎朱陵長麗犖躅以向日兮有赫戲之華文楊芒熛以
上燚兮粲重離之冊門炫赤玉之寶章兮列八龍之威神欻
東邁於蒼極兮青琱紛其竝迎羣神衎衎以方饗兮奏靈和
之鳳笙四酎芬而味歆兮暈玉色而帶頳揖素威以升皓宮
兮眄四極之浮浮尊收顧余而破顏兮錫鏤瓊之華鈞謂貞
白以自守兮合左契於伊周折寒門而燭元冥兮朔颸颯以
吹裘有夫玄中而樸甲兮握靈它以為驅重陰冱而未啓兮
肅玄氣之幽幽四方非不可居兮悵所思之莫余都馳兩戲
如飛丸兮文滔滔而邈逝靈氛告余以吉故兮子何為兮獨悲若
彼中天之有居兮隔人世之風雨吾將導子之一至兮庶弗

縱於恒素怊忽荒以從之兮駕剛颷以徑度冒光炎之㸌㸌兮緋纚鬱怏而不可正視瑚蕢彤楹屹以上翹兮劉濫弘惝雲譎而波詭連卷欒倦杳以軋芴兮崴魁幼眇矗以高峙中洞房之泬寥兮乃孅人之攸居使曼姬爲予通訊兮儼再拜乎堂垂忽朱扉之洞開兮移玉趾之委蛇珠明玉潔不足以爲喻兮光照耀乎東西吐芳辭以若蘭兮意勤勤而告余曰皇降靈兮昭質弗沬毋染兩穢兮昧厥施紉荮襦兮曳蒨旆結蕙纕兮張椒幃勺樺櫱兮蹝蓀蘪索胡繩兮眭揭車集衆芳以遠蒸兮羞郁郁而斐斐余俯首而敬聽兮書擊紳以自規海色動而報曙兮陶去幽而開寤雖嘉辭之盈耳兮邈若人其何處遂捫膺以沈思兮顧獨處而繚戾也誠因言以會心兮將神交於千載也亘天地而無初終兮惟我民之秉彝

道弘敷於上下兮必有人而繫之往者固不可作兮聿方冊之昭如日參驗於厥躬兮若面命而耳提跂髫之嬰姍兮固難齊於六驥能孳孳而弗息兮亦千里之可至余雖質讎而力單兮敢不沾沾而奮厲帶鉤矩而佩衡兮撤蔀蒙而祛罰期有形以必踐兮始俯仰而無媿縱不得孅人以與之游兮又何異同功而並世

予既爲此辭嘗錄一通寄王子充子充蓋有志同予學呂者書以識之庸俟異日各考其學之成也

孤憤辭　宋濂

中州人士有無罪而被廢斥者識與不識咸究之濂因本其志爲著孤憤之辭使世之用法不慎者讀焉其或知所懼也夫辭曰

哀子生之匪淑兮耿鬱紆其誰語恐此心之難白兮假徵詞以自吐曩有志乎學古兮指前脩以作則非秋蘭奚敢紉兮非申椒吾焉食仗所履之正直兮謂無施而不可悲世塗之嶮巇兮胥獨中玆危禍胡萋斐之小文兮竟成之於貝錦剛指方以爲圓兮揆人情爲已甚伊翩翩之公子兮余素得而友之握手以示肺肝兮若斷金而弗疑何中心之多變兮一旋踵而弗予識既擠予於坑穽兮復彎弓而下石汝面目之無怍兮曾何謀之弗深縱禍予其曷傷兮吾懼戕汝之良心覩日月之光昭兮聞雷霆之隱耽予固不足畏兮汝寧不畏于天天道微而難索兮斯焉足以責汝彼黃鳥之嚶嚶兮猶求友而弗止將七尺之美軀兮乃一禽之不如予固約結而罔措兮又爲汝而歔欷嗟受命之蹇痽兮豈獨汝之爲尤蛟龍鬭於深淵兮寧無損於鰌鰍汝雖不我陷兮予安往而逃囚唯飲泣而無所訴兮傷予罪之不當蒼天之至明兮獨不鑑我之幽枉(叶於良切)皎皎之白璧兮僉訾其爲燕石也纖纖之素縞兮反謂其如玄漆也欲力詆以深文兮其奚患於無辭谿繇之不吾出兮眼有淚而誰知誓剖心以自明兮念父母之所遺苟自經於溝瀆兮慮君子之見嗤夜漫漫而不旦兮悲風颯其四來秋蟲響於空堦兮似助予之悲哀六合之至廣兮寘一身而無所魂恍恍若有忘兮雖生存而如死昔公治之所遭兮夫何有於不仁在縲絏而非罪兮亦曾叟之所稱果自反而弗疚兮縱遇辱其如榮浮雲過而日潔兮春冰釋而水清外累不足以爲愳兮愳吾德之未明意欣欣以超絕兮振冠纓而起行取瑤琴以彈之兮有和行之新聲樂天

命以自度兮究年歲而不再更

題王子充琴邊秋興圖辭　詹同

風泠泠兮木落山盤盤兮雲陰吾將鼓兮秋水誰能識兮此心

弔董生文　胡翰

余自京師南歸次于直沽泝流而達于衛漳過陵州故廣川地也或曰漢江都相董仲舒墓在焉爲文弔之其辭曰

出國門以南邁兮涉衛漳而濟舟波流渾其若河兮道既阻而且脩臨廣川之故墟兮曰夫子之首丘望原隰以懷思兮悵欲去而夷猶嗟王風之不競兮人各騖其私智道術裂而民散兮世已久而莫制燕趙固多奇士兮僅有取其忼慨非天降大雅兮繄孰爲之表礪聖垂法於春秋兮志雖微而可即士明經以致用兮義非后而不食徵天人以爲言兮明災異之在辟引君致之當道兮情眷眷於悱惻嘉堯舜而樂三代兮得一士而不能用苟不用其亦已兮國無人而曷重黜質直而見憚兮弘飾詐而取寵用舍倒而莫察兮邪正圜而彌冗騂不中夫犧牲兮執鸞刀而薦羞登藜味以實瓚兮瀝黃流而注玆競刓方以爲員兮攦榘矱而去之徒操末以濟本兮引繩墨而止之下皇皇而靡所騁兮上訑訑以寡得孰好賢如緇衣兮孰惡惡如巷伯古固難於知人兮詎多欲而不惑庸俟時之見察兮庶師言之允一謂伊尹無以加兮雖管晏弗之全探淵源其尚耶兮文豈游夏之儔類何一低而一昂兮槩未量乎夫子之志曰正誼而明道兮不計功而謀利嗽內顧而如斯兮猗王佐亦奚異俾詭遇以獲禽兮固吾

心之所羞比柳下之三黜兮由直道以事人百里之飯牛兮
豈汚辱而忘身道有時而詘兮亦有時而伸諒天命之未達
兮獨奈何乎生民

憫貞淑文　　胡翰

何斯世之昧昧兮耿獨抱玆貞淑曰降命之自天兮固耻軀
之所服肇兩儀於厥初兮恒正位而竝育矧夫人之伉儷兮
豈云疏而異族昔結髮以承歡兮將偕老以爲期忽惡笄之
在首兮遂中道而棄之惟國有大事兮莫大於征伐之師旣
北面以奉命兮願委質以驅馳冒白刃以爭先兮懼不得其
所死苟死弗慊于素兮又安足以痛毁相女婦之從夫兮醮
一齊而不再力莫拯君之阽危兮雖獨生其何待孫神之戍
夏兮陳迎㛂而捐軀高叡之娶趙兮秦瞋目而與俱卓怒行
其感教兮皇甫係而猶詬李斷臂於逆旅兮負疑骸以貽後
諒風猷之一致兮曠千歲而不可幾襲芳菲以紉蘭兮又佩
之以雙玦仰三辰之在天兮心炯焉其昭晰卽所安而自得
兮吾竊哀丈夫之非烈

懷龍門辭　　劉基

有美一人兮美且都青霞爲衣兮白雲爲裾被秋蘭兮佩珣
玗泰和與遊兮中黃與居瞻望弗及兮芳歲其徂山高水深
兮道阻且紆安得羽翼兮致我與俱
有美一人兮美且仁自我不見兮不知幾春仰玄穹兮眄參
辰爲合爲離兮誰識其因青冥無階兮江海無津安得羽翼
兮致我與隣
有美一人兮在山中蒼眉青鬚兮玉雪其容飲沆瀣兮食紫

虹溧石泉兮灑松風邀初平兮從赤松超逍遥樂兮無窮安得羽翼兮致我與同

九嘆九首

秋風起兮夕露溥浮雲沈陰兮白日晝寒木葉落兮水泉乾孤鴈鳴兮懐以酸攬余轡兮悵盤桓野蕭條兮行路難豺狼驕兮狐兎頑蘭蕙死兮荊棘蕃我欲奮飛兮無羽翰援雅琴兮發哀彈絃斷絶兮涕洟瀾

我髪種種兮颯如其稀我心悵悵兮忽若有遺過吾不能改兮德吾不能知往者不可悔兮來者不可期進無益于世兮退將安歸嗚呼已矣兮吾寧不悲

天有田兮不可以耕山有龜兮不可以知斜徽刈蒿以爲梁兮削菌以居楹匠石却走兮工垂树膺登高望遠兮觀四瀛

水東流兮日西傾船紛紛兮各有營我獨展轉兮從夜達明風飄飄兮揚塵野寂寞兮無人舟何爲兮山阿車何爲兮水濱北望楚兮東望秦倒江河兮亂星辰天門窈窕兮重九閶願有言兮遠莫陳虎豹闞兮爲喜爲瞋横流涕兮瞻蒼旻心馮噫兮不能伸麋有角兮龍有鱗空山寂寥兮吾誰與隣

江無舟兮河無梁隰有荊棘兮而無稻粱木鷹化鳩兮雀變隼狸爲貙兮龍爲蚓騰長顧兮情紆軫九疑高兮禹穴幽梧桐枯兮鳳不留山木慘慘兮叫鵂鶹鵲飛兮無所投雲杳杳兮雨悠悠孰懐情兮知此愁

虎厭肉兮騶虞苦饑獺升堂兮麒麟受羈黄褭鷲牖兮章甫承綦箭韶屏棄兮絃箎塤離指王以爲石兮削方以爲規天不可問兮神不可咨緊彼之是兮而此之非有樗在林兮有

櫟在櫃蓍龜孔昭兮勿遠余思
今夕何夕兮天宇清步逍遥兮仰觀列星河漢皎兮北斗横
悲風發兮候虫鳴林鳥起兮沙鴇驚長夜寂寥兮何人哭聲
愴怳恨兮不忍聽回身入房兮淚沾纓蛟虬偃蹇兮豺虎獰
弧無弦兮車説其衡知不可慮兮誰女令蹇淹留兮難爲情
履霜思裘兮燠則棄之臨河號舟兮濟而置之不綢胡魚兮
不弋胡鵠翦雞把梓兮索雚莽以取木捕猫乳鼠兮飯以豢
仁吠狗宵警兮行者怒瞋彈鸞養梟莫知其斷冰以承宮
兮曷云能久長太息兮有所思林木動兮巢鳥悲山有雚兮
園有葵心懷君兮君不知
秋天泬寥兮百草黄蟪蛄悲吟兮朝榮有芳稚發起兮獨徬
徨心悠悠兮懷故鄉原有粟兮隰有禾桂花紅兮蘭紫芽凉

風動兮松栢聲流潦落兮水泉清蔬可茹兮秫可酒集鄉里
兮會親友坐白石兮蔭蒼蒻翫明月兮思古人魚歸淵兮狐
首丘終余生兮安所求

招遊子辭

王褘

吾宗兄存誠甫名其齋居曰遠遊昔者屈原放逐之餘耿以
覯宇宙欲鍊形魂排風御氣浮遊八極後天而終以盡
反復無窮之世變故遠遊之歌所爲而作今存誠之有取
於遠遊也豈猶原之志歟予因反其意爲辭以招之庶幾
其不鶩於虛遠而爲吾聖賢之歸然宋玉景差大小招務
爲譎怪之談荒怪夸豔之語今亦無取焉辭曰
遠遊雖樂兮樂不可極只子兮來歸無東無西無南無北只
東方弱水舟輒覆溺只西方流沙車不可歷只北方大漠絶

人跡只南方炎荒路險以棘只顧瞻四方慼慼歷所適只遠道雖樂將焉止息只子兮來歸反吾故居只居爾之居復爾初只仁以爲宅邃且虛只以禮爲門義爲塗只大中爲室至和爲爵只八珍奇味道之腴只文章燦爛錦繡敷只盛德光華被厥軀只慈儉是實謹蓄儲只御以矩矱乘恕輿只子居其中樂有餘只瞻前無隣後無虞只天君泰然靜以舒只聖賢與處天爲徒只洞視八荒眇一區只坐閱千古猶斯須只予毋遠遊苦驅馳只子兮來歸反故居只

弔伍子胥辭

高啓

覽句吳之故墟兮灌莽鬱其蘢蓯館娃廢而爲沼兮歸伍胥之遺宮奚千祀而勿毀兮繄若人之死忠昔窮逋而渡江兮奮孤跡於羈旅既入郢而雪恥兮文棲越而攘侮使彼吳之強大兮非夫子而孰爲何夫差之自喜兮遽忽戒而荒娛陳昌言之悃款兮寔不忍視國之佔危衆以子爲回信兮肆讒辭之詆欺夫豈不能全身遠適以自庇兮顧先王之舊德卒待殞而何言兮恨終不能寤居之嬖惑載鴟夷兮浮遊魂慱慱兮在中流江神念子兮哀憤鼓洪濤於高秋嗟君子之出輔兮孰不願爲伊皐使言從而志行兮致雍熙之陶陶何齟齬而多患兮惟重華之不可以屢遭鄂侯諍而就醢兮龍逄諫而見屠蓋自古而有之兮匪夫子獨罹乎此辜身雖殁而義安兮文合是將焉索彼循默而苟容兮常獲免乎泚顙想子猶念夫故都兮或乘雲而來歸顧荊棘之多露兮應攬涕而歔欷余亦何爲而感慨兮懍直道之陞也聊陳詞而表烈兮亦邦人之志也

雲林辭并序　　蘇伯衡

常人之情未有不好繁華而厭澹泊者也入山林而唯恐不深適江湖而唯恐不遠非抗志幽夐寄懷夷曠者孰能之六一居士曰錢塘四方之所聚百貨之所交物盛人衆爲一都會而又稱有山水之美以資富貴之娛吾祖東坡先生以爲吳興山水清遠其民足於魚稻蒲蓮之利寡求而無所爭賓客非有事於其地者不至焉是二邦固皆東南勝處而吳興之境寬閒寂寞豈比錢塘之鉅麗雄富哉崔彥暉氏錢塘人也顧去之而之吳興營別業一區名之曰雲林小隱於是乎僑焉此其以澹泊爲樂而不奪於繁華之習爲何如彥暉非抗志幽夐者歟寄懷夷曠者歟夫以端木賜之賢又有仲尼爲之依歸其於道德之足貴紛

華聲利之不足尚固宜曉然若薰蕕不待辨而孰去孰取也然交戰于胷中猶且有所不免况彥暉當問學之士徇於外物而競於邪俗之際乃能決於去就如此豈直異乎尋常之人而已使克推是志以學道其於去卑陋而趨高明也何難哉此余不識彥暉而信其賢因張尚禮之請本其情爲賦雲林辭曰

眷吾父母之邦兮廼趙宋之故都既美麗文富盛兮寔東南之奧區衆人胥此焉止息兮吾獨曷爲而去諸此富貴者所娛情兮雖信美不可以居彼吾舍之湫隘兮直闤闠而臨通衢車塵滃若濛霧兮紛冉冉將浼予苟徘徊而不去兮幾何不爲逐臭之夫瞻彼樂郊兮震澤之墟俯苕霅之漣漪兮仰眺弁之鬱紆前谽谺之絶壑兮後蒼莽之平蕪阡陌縱横以棊

貢兮聚落交錯若畫圖審面勢兮搆吾廬梁桂檀兮柱杉櫧不雕不琢兮不丹青以塗薜荔以幈幪兮苔蘚繡乎階除列陵阜以爲垣兮因澗谷而成渠長松鉅竹兮森扶踈洇條霧葉兮蔚蔽虧天矯繚糾兮若蒼龍之垂胡禁麗披離兮若翠幄之流蘇積雨之後日出之初山氣澤氣孰吹孰嘘排我簷楹羃我綺疏栖我几席襲我琴書始膚寸其來會兮旋波濤之卷舒乍奔騰以翕霍兮倏充塞而模糊何變化之奄忽兮茫洋莫辨乎四隅幻萬象以一色兮囊六合而有餘中長風之迅烈兮遂消液於須臾帚掃滅而無蹤兮杳不知其所如但見山青青而林蒼蒼兮掩映湛湛乎之大虛吾危坐而睇聽兮增感慨以長吁曰寶莫寶兮貝玉金珠貴莫貴兮爵位名譽等浮雲之不可把翫兮喟嘆先聖其豈我誣胡彼昏之不覺兮爭貿貿以犇趨況人壽之百歲兮猶過隙之白駒縱得之亦何補兮徒自默而自劬吾於世兮復何需屑逐隊兮競馳驅聊斂退而從吾所好兮放浪肆恣於水澨山柤幸麋鹿之我狎兮喜鷗鳥之不我虞春草藂茂春華敷岩紅澗綠張氍毹幽泉發竇疾以徐髣髴會朝鏘珩璐娛耳悅目樂不可言兮世間埃壒何需濡時招玄眞子膾却赤鯉魚相就東老舊酒壚旣醉洪江弄芙蕖歌曰澤有荷渚有蒲荷爲衣蒲爲裀衣且食兮保我軀滑志釋兮煩慮祛逍遙委蛇兮又何必訪偓佺於蓬壺

弔茂陵文

方希古

祗明祀而言旋兮指槐里以西征停策憩于道旁兮覩高丘之崢嶸卽故老而訊之兮惟漢武皇之茂陵整冠裳而疾趨

兮躊遺廟以彞營淒風起于叢棘兮鼪鼯嘯于幽壂慨雄心之靡託兮悲曼志之無成惟君皇之　御極兮遘災靈之方熾陋堯禹爲未足遵兮卑祖武而弗肯繼內瘠民以自殖兮外震威乎遐裔騁車轍于八荒兮候神人于海澨建千門與萬戶兮殫土木之奢麗希軒轅之騰化兮永傲睨乎斯世何盛業之易隳兮洪蹟鬱而難宣雖暫弱于戎胡兮生民疲弊而不痊奇禍機于巫蠱兮妃亂丁毒而衘究諒逞心于屠滅兮抑天道之致然闢土疆之宏廓兮曾玄宮之莫固赫兵革之繁興兮委守衞于草露城闕之崇嶻兮求斷礎而無所後宮之韶冶兮僅或傳其塚墓像祈連以旌武兮想壯魄之已腐嗚呼哀哉形必有盡兮孰不有亡匪君皇之獨然兮尚奚爲隱惻而迴遑惟祈生之已甚兮或妖誕而過望謂長年而卒老死兮斯足垂戒于昏荒明固有所不逮兮智固有所短偉才略之英邁兮哲與愚其相半賴表聖而默出邪兮兼善悔而能斷雖人惘而財竭兮終克免乎危亂悼往者之無知兮尚來者之可諫感盛衰之相襲兮仰昊天而永歎

退菴辭

楊士奇

芝櫟兮桂戶山阿兮水澨雲鱗鱗兮石磊磊交松蘿兮延薜荔華芬芳兮襲予春之蘭兮秋之蕙茝何爲兮獨往舒蕭散兮洩洩念盛衰兮有時盍滿盈兮豫戒撫年歲兮將晏日斯征兮月斯邁紛騷騷兮忘歸余何爲兮靡止攬吾轡兮旋軫返吾車兮舊里恬澹兮以休全之兮終始懷夫子兮高風邈游心兮千載

辭劍圖辭

胡儼

貫弓兮孰矢望昭闕兮東馳思公子兮弗諼孰閔余兮渴飢
旦暮兮以趨江之流兮清且漣漪彼遑遑兮求索渺浩蕩兮
何之纍纍兮遺孤心之悲兮莫予知風蕭蕭兮江日黃靡無
綠兮杜衡芳野閒寂兮無人悅四顧兮彷徨桂檝兮松舟儵
汎汎兮中流檻余兮既濟欲報兮焉酬寶劍兮陸離爰解贈
兮莫我留執圭兮弗有顧百金兮何求江上兮丈人義重兮
山丘撫新圖兮增慨寄遐思兮千秋

氷雪軒辭

右春坊右諭德兼翰林侍講金公幼孜以氷雪名其軒君
子有以知其素矣而或者弗察也故予爲賦焉

余既好此奇服兮爰昭昭以自持厲潔清之端操兮將古人
以爲期廓塵蔽之黯黮兮披汙穢而去之歲冉冉而易逝兮

唯昭質其未沬際嘉時之晟明兮乘青雲而上征凌天路以
翺翔兮軼埃壒而抗旌朝吾遊夫清都兮夕余憩乎扶桑攀
瓊枝以爲食兮吸沆瀣以爲漿秉余心之貞懿兮肆忞忞其
曷已雖所處之固然兮亦寧余之素履匪善吾弗好兮匪德
吾弗庸保厥美以上下兮曁予心之所同何時俗之多僞兮
紛馳騁以自強汩汶汶而莫知止兮乃謂予爲匪臧曰悶悶
與昏昏兮孰萬物之我先斯伯陽之爲道兮夫子乃嘆其賢
何明哲以多智兮亦營營於土田後千祀而猶顯兮羌孰得
而舍旃磽磽易缺兮皦皦易汙塊獨守以爲姱兮何不改乎
此度衆欣欣以周容兮何吾與之寡也中怦怦以自信兮豈
若是而舍也徛前聖之遐遠兮渺茫茫其何之余將就而問
之兮質予行之所宜精專專而內凝兮神烈烈而外揚儀惝

悅以流從兮忽超乎余有行駟玉虬以前導兮彼白虎爲後驅遭吾道夫不周兮造巔頂之所居飄風蕩而吹衣兮玄雲翳其承宇冰峩峩以凝冱兮雪紛紛而交下烱皓曜以相射兮清氣迫而襲余晃然令予開朗兮神蕭爽而情舒命玄冥以導予兮謂余言之纚纚曰太素之淳懿兮斯爲物之所始嗟人之生兮稟其淑靈理粹而純兮氣厚而清湛旦旦而弗亡兮豈庶類之可群彼其謂予之不然兮夫豈守玄之子雲穀湯之慱大兮乃銘器而諄諄去舊染之垢汚兮圖皎然而日新孔聖之大成兮曰吾湼而不淄皜皜其不可尚兮若秋陽而暴之相矩矱之在玆兮信舍是其焉求俗幽昧以眩惑兮吾於彼其何鄙駕余輈以回轉兮倏臨睨夫舊居謹余轡而正策兮意揚揚以自虞積雪以爲墠兮斲冰以爲宇余固處此而不遷兮庶有勺於此世重曰結予心之耿耿兮增予思之悠悠請白以爲服兮憑往則而信脩道曼曼其超遠兮予曷日而忘之

弔余青陽李江州詞　周敘

元鼎兮沸颶典常斁兮不綱撫長劒兮横視屹江淮兮保障金戈兮鐵馬時不利兮摧傷寧甘心兮一死濺頸血兮清塘孤忠兮大節挺勁草兮秋霜正學兮雄詞模雲漢兮天彰赫青編兮偉烈配巡遠兮睢陽煥昭昭兮日月求千古兮爭光

右余青陽

凝遥睇兮江州屹孤城兮上流弔英魂兮何在慨元政兮不脩政不脩兮佚游偉郡侯兮良籌訓兵兮繕甲擁猛士兮貔貅羣兇張兮援絕天不祚兮奚尤臨大節兮不奪凛勁氣兮横

皇極大傳卷之三

秋匡廬兮峩峩渺太江兮悠悠君今名兮同永增余心兮頻憂

右李江州

竹坡辭寄金川蕭樂善　劉定之

莽落木兮蕭蕭森風不止兮葉琤琤夕陽沒兮迴光見遠岫兮何千層我之懷兮既悲况所思兮繫之竹坡兮何所吹秋籟兮參差美人兮在其下文蔥蒨兮懷幽雅蔭清陰兮以憇握琅玕兮盈把歲云暮兮霜霰寒君不來兮行路難浮雲東征兮不可攀倏變化兮成素鸞就君之竹兮棲縹緲永今夕兮以盤桓

皇明文衡卷之三

皇明文衡卷之四

樂章　琴操

擬大明鐃歌鼓吹曲十二首并序　王紳

臣幸生明時獲際雍熙之治世職儒業而臣文叨竊祿位媿無以黼黻皇猷伏覩
太祖皇帝手提三尺取胡元平僭亂以肇造區夏所以雪近代之恥其功誠不在湯武下可無所述以見于咏歌以被于音樂乎爰取漢魏以來所載鐃歌鼓吹詞倣其體爲十二篇以紀豐功偉烈曰大明鐃歌鼓吹曲以上雖其言蕪陋不足以鋪張萬一或者命將出師之時用之軍旅行陣之間亦可以知
祖宗締造之艱難與夫佐命元勳之勞烈臣不勝惶愧之至

元季亂極四海兵興太祖皇帝起淮泗平僭亂正大統爲神龍躍第一

神龍躍奮滄溟耀光彩揚威靈沛厥澤甦羣生德所被枯者榮著仁譽謳義聲壹戎衣天下平混華夷俱來庭歲僅周武功成考厥績如日升萬斯年昭大明

右神龍躍二十句三字

蠻子海牙以舟師扼采石王師與戰克之爲殪奔鯨第二

鯨之奔勢甚張率醜類横大江礪厥刃比厥舫聯伍爲什黠且狂　皇旅奮毅旗揚兵所指氷沃湯衝其要扼其吭有弗若者嬰以鋌鯨既殪援我疆天兵赫赫從此光

右殪奔鯨二十句十七句句三字三句句四字

第二

○[illegible]綱目卷八四

[illegible]十[illegible]年[illegible]來[illegible]用[illegible]

[illegible]二十[illegible]

[illegible]大夫[illegible]

[illegible]之[illegible]大[illegible]

[illegible]以[illegible]軍[illegible]

[illegible]大臣[illegible]

張純　張緒

皇[illegible][illegible]曰

元將據建業天兵擊之爲開洪基第三
江之表惟建康負天塹勢莫強彼昏不知肆譸張恃其險于
天常
皇震怒整我行義旗一指虜馘亡授我首啓我疆大業已建
洪祚昌
右開洪基十六句十三句句三字三句句四字
陳友諒據豫章
太祖親征之大戰鄱陽湖友諒死降其衆爲平江漢第四
江漢湯湯厥惟豫章醜虜憑之以恣寇攘屢涉我疆以跳以
踉天眷有明命我
哲皇爰整其旅以扼其吭戈矛洸洸旂旐煌煌部伍行行艤
艤將將鏖戰大呼雷轟電揚虜酋既斃虜衆亦降凱歌以還
形於樂章於赫武功上媲商湯
右平江漢二十二句句四字
張士誠據全吳命師縛之爲縛狡兎第五
趯趯狡兎固其窟穴跧伏草萊肆厥慧黠趾跟三吳馳突兩
浙
皇命征之授以節鉞桓桓虎臣鷹揚大桀兵不留行刃不載
血力屈智窮自貽杌隉銜璧而歸縶以縲紲民瘼既平天討
斯揭偉哉豐功允矣超絕
右縛狡兎二十句句四字
元順帝能知天命舉族北歸燕京悉平爲平胡邦第
六
胡運既去如秋之索德政不脩疆宇日削爰肇我邦于彼朔

漢義旗所指摧山震嶽君臣稽顙若崩厥角舉族遠遁不待
誅縛既屋其社寰宇清廓伊誰之力惟　皇先覺
右平胡邦十六句句四字
方谷珎自元末跋扈東海命將征之舉族來歸爲波
海平第七
元政既不綱萬國兵搶攘梟雄利草昧奚起溟海傍名號僭
相加狼貪狠如羊大舶連百艘雲檣相擊撞蕞爾鰍鱷竄自
擬狡龍蔵天兵渡東浙疾若列缺光投戈載妻子逃匿海中
央尋復係厥頸來詣轅門降震雷既輯聲朝暾出扶桑帖爾
波不與浩劫塵不揚殘民沐文化宛若鄒魯邦
右海波平二十二句句五字
陳友定據全閩出師執之爲拓閩境第八

眞主起淮泗沛澤加無垠陳氏逞顛獗烽火連七閩自恃險
且遠偃蹇不我臣天兵忽爾加奮擊速且神執訊仍獲醜困
彼涸轍鱗凱旋獻俘馘爍裂徇頑囂海埃遂清靜千里無纖
壓群民樂蕃息煦煦涵陽春
右拓閩境十六句句五字
張師道李思齊據關中天兵平之皆入　職方爲定關
陝第九
元德昏政棼棼氓戚憔顦于旻情上格命明君二豎無職方
信梗我化據中原王師下加猶不循雄兵烈烈車嘽嘽鐵山
且碎虜曷存褫爾魄奪爾魂殲厥渠魁弔厥民關陝平蕩無
妖氛
右定關陝二十二句十六句句三字六句句四字

元社既屋苗裔猶存大兵再加窮極北漠而胡遂滅

爲蕩胡穴第十

元民有天下腥膻我中原垂髮裂冠冕士效咿嚘言

聖人受天命遠續皇王傳手提三尺劍起自淮泗壞削平諸

僭亂胡遂竄[redacted]然屛迹雖甚遯天討不可延窮追及沙漠巢

穴無復全卓哉皇業勳上雪唐宋究

右蕩胡穴十六句 句五字

明玉珎據全蜀僭大號師出討之舉國來降爲闢川

蜀第十一

夏明氏據全蜀僭大號保西陝恃其險遠弗臣伏我師征之

兼水陸搤厥吭擣厥腹以杖擊地駭神速焚爾櫬受爾玉待

爾不死恩尤篤陶至和被淸穆五十四洲歸化育

右闢川蜀二十句 十五句句三字 五句句四字

元屬梁王保雲南招諭不降師出征之梁王死六詔

平爲斮苞枿第十二

巨木既蠹根本繇傾爰有萼枿猶假息以生

皇曰肆哉毋讁我兵俾其自歸庶不戕我垠屢遣使命諭以

王誠蠢玆弗靈忿其頑冥

皇赫斯怒爰整旅以行熊羆百萬如雷如霆摧朽拉枯烈烈

轟轟轔轔虜酋既殲欒變悉平遐邇歸化四海由以寧

右斮苞枿二十二句 十八句句四字 四句句五字

擬祭告天地樂章凡十三

梁寅

禮局中承　詔分撰郊社宗廟樂章故有此作其音調乖

戾雖不可被之筦弦然出於

上命不敢棄其草謹錄藏之

迎神

天道大矣物繇以生地道廣矣物因以成惟鴻恩是資惟禋祀是明神之格兮瞻繽紛其並迎

奠玉幣

奠以嘉玉粟而温兮薦以重幣燁其文兮庶鑒兹哉斯禮之存兮

奉牲

旣虔我祀旣具我牲角貴繭栗心之誠有苾其芬于豆于登五音會合和而平

上帝酌獻

仰明明瞻巍巍如事父衆以夔物莫稱德曷報之酌用陶匏斯其宜

地祇酌獻

勢廣厚德含弘五行具百物生承天之施功之成何以報貺醑惟馨

上帝亞獻

父事惟天格神以心赫赫在上洋洋若臨樂旣具止有鏘其音酌言再之庶明明之降歆

地祇亞獻

母事惟地物無不載九穀旣登百貨是賴罔敢煩而瀆罔敢忽而怠昭兹嘉貺沛兮未有艾

上帝終獻

禮行匪懈祀事孔明瑶席菲菲華鐙煌煌豐我粢盛潔我豆

觴陰陽之和邦家之昌

地祀終獻

六府孔修生我兆民富媪之功陸海之珍洞洞屬屬清酤以陳所佑維德禎祥其臻

分獻

鑾輿下臨從百神金支秀華耀五雲壇峨峨靈欣欣位以序列享明禮

徹俎

禮嚴厥初尤慎乎終徹以示敬儀雍雍嘒嘒管籥五音從

望燎瘞

在纎早維玉在篚維幣禮從厥初適燎適瘞凝屹立以瞻匪終怠

送神

神飈若馳裔雲上翔蒼龍並騰車以行顧茲瑤壇兮尚有榮光

擬朝會樂章凡十二首　王景

天命有德之舞

嘉禾進

堪輿寧叶氣蒸萬彙茁嘉禾生祥飈瑞露凝光精一莖九穗有三登田畯駿奔進天廷薦　宗廟將德馨時和歲豐樂太平乃知天子在樹德雲龍風虎開休禎

野繭成

瑞道昌至治明萬化滋植盈八荒猗歟野蠶集我條桑載生

皇明大博卷之四

大午生腹消 宗奭曰風虚開木[illegible]
天叡藭 宗奭[illegible]
有三登田螺殻六[illegible]
前與錄十斤麻菜[illegible]本十斤[illegible]　　二六蘇
　　　　真木虹
　　天令[illegible]分[illegible]
　蒸陰會乾焙5十二首　　　　　　　王冀

草[illegible]
奔[illegible]王五[illegible]新[illegible]宋四面[illegible]案與[illegible]人[illegible]
　　　　　宋熱藭
新[illegible]天[illegible]大[illegible]午[illegible]婦[illegible]之[illegible]天[illegible]新[illegible]音[illegible]
　　　　嫩[illegible]

草門[illegible]
[illegible]門下韶約百[illegible]金文[illegible]華五[illegible]曾[illegible][illegible]
　　　　　以糠
[illegible]代[illegible]故[illegible]新[illegible]新[illegible]羊其[illegible]
六斤[illegible]斤[illegible]全[illegible]男[illegible]富[illegible]人[illegible][illegible][illegible][illegible]
　　　　　　此師[illegible]糠
[illegible][illegible][illegible][illegible]文[illegible]作[illegible]宋[illegible]昌

載成以玄以黃以登于明堂至和磅礴斒斕文章纚爲五采
絲上補虞舜裳

騶虞獻

騶虞至周服至仁表天造飢不食生畜行不踐生草
聖皇御宸極德澤被枯槁林邑神聖初召南風化首邁遐躅
前無偶啓貞符垂沐久

神龜呈

箕疇演洛之靈玄龜出
聖之徵　皇孝理表八紘役五神策六丁胤五總符十朋介
金石利永貞

黃河清

天子九九八十一萬歲壽與天齊并
黃河清七百里水精宮下見底
聖人在位天心合并六合澄清萬國文明揄雜佩兮蒲津遺
玉玦兮龍門川后𨂂而陳辭兮錫蕃釐乎
聖君

四夷來

天子踐祚宏拓皇謨義聲翕沓陰肅陽噓東欵扶桑西徼余
吾澥海梲粟統爲一家繩牽索引咸傳于都莫不震慴天休
涵濡狉狉狉狉以拱宸樞王帛匪須王會有圖萬歲千秋協
我貞符

明德新民之舞

黃河澄清

聖人召和黃流獻奇澄波清且漣漪歕薄龍門震盪坤倪萬

雷呿張光燭化機上下一碧機動天隨天啓聖神河水爲清天啓　聖神治化底成　聖德天齊造化降精　聖德天齊心與道凝萬國一統　聖聖相承

嘉禾同穎

祥開函宇地出嘉禾端倪叶應大瑞是荷同穎異畝瑞協周家以濯仁風以昭泰和惟　皇忠厚被草木懋昭大道同變化是知　聖心能致和上與天運同亨嘉

慶雲成彩

德動天鑒慶雲呈祥紛爲華盖燁爲天章郁郁芬芬靉靉茫茫映日烜彩隨風飛揚昭回麗河漢覆燾弥下方神聖楊清芬溥暢融天光

龍馬來廷

天之駟龍之媒産大宛徵渥洼追流星籥天街汗流赤心九垓歴閶闔觀玉臺西風十二閑争稱龍馬來蹤踏五雲暖神光夜昭回詄蕩蕩天門開

甘露降祥

和氣叶甘露凝晒寶甕軼金莖厭厭浥浥穰穰熒熒而於粲其英如餳如飴如珠如脂不隨日以晞天子神聖與天合德至和攸繹以濡天液天子聖仁與天同甄至和氤氳以播靈芬瑞應之彰有苾其芬於萬斯年受天之慶

四夷咸賓

聖皇御天治化攸甄文武並用其幾孔神極日月之所照莫不獻贄而效珎普天率土悉妾悉臣環拱北辰以沐至仁德

慭被乎㫖奕聲教暨乎八裔陋漢唐之用師侈成周之王會
其道斯何王者無外
擬朝會樂章 凡十六首
升座　頒祿　樂奏泰安之曲
金門洞開寶座尊崇煌煌龍衮穆穆
聖容俯臨萬國髙拱九重臣民稱賀玉帛來同
公卿入門　樂奏治安之曲
萬乘天臨千官景從濟濟卿士秩秩王公蹌班鵷鷺接武夔
龍同心協德永効公忠
上壽　樂奏壽安之曲
天眷
聖皇應運開基尊臨大寶撫有華夷武功底定文德弘施徽

臣昌報仰稱壽卮
君親之重寶為臣綱
至尊至敬著在天常仙韶按曲玉醴浮觴載伸華祝萬壽安
康
舉酒　樂奏嘉禾之曲
有美嘉禾勃如雲興一莖九穗異畝同榮至和所召盛德之
徵㢕諸郊廟用慶豐登
樂奏卿雲之曲
天上垂象著于卿雲九苞鳳彩五色龍文迎風郁麗映日絪
緼有徵斯應實惟
聖君
樂奏紫蓋之曲

聖人受命紫蓋呈祥亭亭錦覆煒煒霞張天中屹立雲際飛
揚眷茲靈祐
國祚隆長

樂奏彤旗之曲

在昔征伐旗纛為先仰惟
聖朝著象于天彤竿對峙赤羽文鸞克敵之應萬方歸焉

樂奏神芝之曲

后祇效德神芝之挺生曄曄三秀濯濯九莖紫鞭絢彩綠葉敷
榮願著聲歌播于大廷

武功之舞

聖主承
天運臨濠樹義旗萬方思洒日一劍奮興時采石方收捷金
陵即駐師神機安可測建此萬年基天命歸真主群心屬
至尊神功參造化英略定乾坤永洽雍熙治弘惟曠蕩恩華
夷俱奉貢冠帶入天門

六成

江漢親征日風雲曆筭中六師方奮武孤寇巳潛蹤矢石飛
星急樓船烈火攻與 王天巳祚次第靖群雄
萬乘龍飛始東吳尚陸梁 天兵將問罪驕虜敢稱王負固
三時久終成一戰降山河畿甸接表裏壯金湯
陝右遺梟獍山東據虎狼神威方遠及小醜孰能當飲馬黃
河上觀兵華岳傍來蘇人望切載道獻壺漿
王師若時雨隨地霈恩波東浙爭歸款南閩巳戢戈山川回
正氣田野起謳歌一洗兵塵淨群生樂泰和

巴蜀雖云險區區在一隅偏方寧自守逆豎謾徃圖正類鼃
藏井負成虎負嵎神兵飛渡入俄報定成都
大將承　王命長驅向北征揮戈清朔土按轡入燕城圖籍
登天府車書混玉京從容歸奏捷萬姓共歡迎

文德之舞

一統

皇圖大三陽泰運開王侯鳴珮入鑾貊獻珠來瑞靄騰金闕
祥雲護玉階太平人物盛鼓舞樂春臺
雞鳴欲曙天冠蓋集群賢拜舞瞻
龍座懽愉侍
御筵玉杯傳法醞仙樂奏宮懸頴祝
君王壽齊稱億萬年

六成

五彩眩晴虹神都王氣鍾石城嚴踞虎鍾阜欝蟠龍宮闕天
光近金湯地勢雄四方均貢賦萬國敬來同
皇朝崇祀典
聖主每齋心天地嚴昭格神祇肅降臨牲牢歆大享金石奏
清音三獻精誠至端知錫福深
創業知非易圖安念守成
帝心常簡注
皇業在經營脩德承天意推誠彰物情一人恢大業萬國仰
昇平
盛典稽前古
皇心協至公建　諸安國本列衣土錫王封　玉册加殊禮金文

衍大宗群臣無以贊三祝但呼嵩
宵旰思賢切旁求滿四方山林登隱逸朝野慶明良際遇風
雲會瞻依日月光同心臣盛治竹帛永流芳
中國聖人興羣方仰大明海波俱帖息年穀屢豐登玉帛來
諸國梯航貢上京臣民咸舞蹈
萬歲賀朝廷

還宮

洪惟
聖主端冕凝旒高躋舜禹遠邁殷周功成治定禮備樂脩受
天之祜萬歲千秋

補雩壇祝舞歌辭　宋濂

周官有司巫掌群巫之政令若國大旱則師巫而舞雩漢法夏不雨祀竈毋舉土功更火浚井暴釜于壇杵臼于術爲四通之壇於邑南門外方七尺植赤繒七其神蚩尤祭之赤雄雞七玄酒具清酒摶脯祝齊三日服赤衣拜跪陳祝辭以丙丁日爲赤火龍一長七丈又爲小龍六長三丈於南方皆南向壯者七人皆齊三日服赤衣而舞之司空嗇夫亦齊三日服赤衣而立之鑿社而通之閭外之溝取五蝦蟇錯置社之中池方七尺深一尺酒脯祭齋衣赤陳祝如初取三歲雄雞豭豬燔之四通神宇令民闔里南門開里北門幸得雨報以豚一酒塩黍財足以茅爲席然周制久廢典午以降漢法亦不行而祝辭尤闕歲丙申夏旱
羣巫雩于山川之神予既書其事授之復補其辭使巫歌舞焉
於泰鴻冐下民動以化時風伸燁朱鳥萬物甄亢則害陽畢

屯土膏耗蓊欲瘠田畯奔勢維隤壇四通遐儼明神神中臨歘
如煙
卷嘉錫爍若羅繭握薦豕炳膋蕭灌鬱金菊芳苾氣上延合
濵滲洞五精貫八幖茫無外莽儵翛門沆碭駕以㚘俯下土
無不劉
鬱行風羽輪翔玄黃鑾變燦復爽衆嬪集九霄章燮然存索之
亡爍陰明迴叢陽符翹襟逝弗忘崇明禋成禴功憑紺筵嚴
以卭
應上公與天通植赤纉驂紅龍左列缺右豐隆流火降鉅若
鴻鬼婦劉散為風灑靈注徧四封亟斯活穎茸茸衆維魚兆
已從
融祉暉毓宵氓甫田阜物豫成風平平綽以行人㝵與鬼肹

鑾耿曜振霈充盈神心暢樂茫良四寓綏萬國洋洽大康慶
昭膺

廣漢難辭

宋濂

難古禮也周人三時皆行之春夏之季難難陰氣也仲秋之月難難陽氣也蓋二氣或伏厲將乘之為災故難以止焉其制命方相氏帥百隸索室毆疫以逐之又磔牲以禳四方之神漢襲周制而其儀加詳選中黃門子弟百二十人為侲子赤幘皂製執鼗方相黃金四目蒙熊皮玄衣朱裳執戈揚盾十二獸有衣毛角中黃門行之冗從僕射將之以逐惡鬼於禁中夜漏上水朝臣會侍中尚書御史謁者虎賁羽林郎將執事皆赤幘陛衛乘輿御前殿黃門令奏曰侲子請備逐疫於是中黃門倡侲子和其辭凡八十

言繼作方相與十二獸儛讙呼徧前後省者三持炬火送
疫出端門門外騎士以次傳火棄雒水中自漢至今
朝廷之難雖廢而民間猶有存者先臘一日巷萌社隷飾鬼
神貌御五色龍虎文衣巡門擊鼓而難之予惡其言鄙褻
因跡古者用難之意復廣漢辭使習焉其辭曰
陽陰乘化左右而行日歷昴畢得積屍大陵其氣勃芒吏涉
虛危墳墓西司鬼官攸房厲附強陰而降于釁殃浴爾十二
神宣其威良以突剱亢胇胃食虎甲作食殃雄伯食鬽騰簡
食不祥攬諸食咎伯奇食夢祖明強梁共食磔死寄生委隨
食觀錯斷食巨刳其腎腸窮奇騰根同享於蠱毋使害傷浴
爾十二神鍛爾戎兵出輈四方吮厲之血以代酒漿求鮮厲之
肌以充糗糧絲厲之腱織以爲衣裳斥除慝陰暢回明陽乾
坤載清物楙民卬惟爾神之功神或不夔上帝是明急急如
律令

銅井迎送龍辭　唐肅

伐鼓兮吹簫迎我龍兮山椒龍之都兮何所泉淵淵兮石爲
戶扣龍車兮乞靈龍不出兮我心若酲我心若酲兮龍寧弗
聞
我扣龍兮龍卹風旋波兮龍出龍之出兮福予變旱燒兮爲
澍龍爲澍兮我弗飢返山椒兮雲旗風泠然兮龍之歸

迎日辭

鳳炙兮麟脯瑤席兮桂俎樂萬舞兮如雲吹笙竽兮龍二女
旌孑孑兮載以輿六蒼虯兮歷天衢雲霈霈兮夜未艾執長轡兮
久相待

皇□文□叢刊卷之四

十四

平胡鐃歌鼓吹辭有序

楊士奇

臣聞兵者聖人所以衛民之具也故爲天下國家者不可一日而忘武備易曰除戎器戒不虞書曰克詰戎兵至若征伐蒐狩具見於詩禮春秋皆聖人重武事也洪惟我
國家肇膺天命武以靖亂文以經邦
列聖相承其道一揆
陛下嗣承大統恢弘化理海內海外日月所照臨之地其人皆攄誠効順祗奉方物朝獻　闕下惟胡漠殘虜叛服不常屢寇邊陲擾我黎庶乃今歲之秋田穀登場三農畢務
皇上因田獵以閱武龍旌所嚮于畿東郊而東北塞垣不遠伊邇遂戒六御親飭邊防車駕莅薊州之石門邊報胡虜入寇已迫塞下
上曰天厭其惡俾來就斃乎將士皆踴躍思奮
上曰兵貴神速朕以鐵騎先馳赴之當令迅雷不及掩耳爾將士以次徐來卽日
上率鐵騎三千出喜峯關翼日與胡虜遇虜駭愕出不意謂神兵自天而下也
上麾鐵騎爲左右翼前包虜陣飛矢如雨虜狼狽死者甚衆餘率褁創退走
上以鐵騎數百繞出虜後盡獲之遂斬其酋渠而生縶其衆虜無一跡得遁者遂命將士擣虜巢穴而悉收其部落族屬及所畜聚駝馬牛羊輜重以累萬計關塞以北羶腥之區蕩然一淸臨邊之氓遂以安枕無虞臣惟
皇上聖志宵旰孜孜篤在安民　車駕之初出也因農隙以

講武事因所歷以飭邊防非有意殺伐也而天絕醜虜將
受其命於 聖明故使之豺豕跳踉而天戈一麾瞬息之
頃灰滅澌盡此皆本於
皇上愛民之仁得天助佑而明斷天縱英武神奮遂建廓清
之大功蓋近代帝王所鮮有也臣嘗考見古昔盛時帝王
建武功者皆有鐃歌鼓吹樂辭被之絃歌用示永遠臣忝
執筆從鑾車後目睹
聖武神功之盛不能自默謹倣漢唐篇數撰鐃歌鼓吹曲辭
十二篇庶幾宣著盛美於無窮焉謹錄上進伏惟
睿覽

秋穀既成農事告畢車駕因田獵以飭邊防爲田
獵第一

皇聖仁恤元元勤宵旰保厥安顯氣肅零露溥田穀成農乃
閒駕六御獮于原飆霧氛景凝春導旂常翼旗旛衛弓矢從
羽于鑾雍雍鼓闐闐行郊畿歷山川遊豫時兆庶歡

右田獵之曲二十二句

車駕及石門驛邊城奏虜入寇遂定親征爲邊奏
第二

嚴警蹕先皇輅坦坦砥如薊之路東石門陿以阻士鷹揚奮
飛度有來驛函奏龍御調胡犬羊呈邊侮
皇曰噫嘻胡曷恃而來自投于隕天俾之天所俾予敢稽誅
厥渠縛厥從胡之殲其在斯

右邊奏之曲二十二句

車駕出喜峰關道陿而險將士奮勇以從忘其勞

焉爲度關第三

度關山屨巑岏陿以峻十步九乇旅肅肅氣桓桓淩奔崖越飛湍歘旋鉞包旌干滔鋒艏鍔揵羽翰　龍御所歷祥景暄虎豹遠遁跡陰霧披以散但望殺氣遠塞垣虜冥昧尚恣兇殘

皇威一震奮擊下九天

右度關之曲二十二句

車駕出關一戰殄虜悉戮其酋渠生縶其徒爲皇武第四

皇武揚奮自天智以勇機揵神左麾右斥鐵騎奔捲如電掃呼霆震虓虜魄攝虜魂摧虜陣蕩虜群蹂躪泥滓揮埃氛燎毛斧栟燧已麾停龍翎息虎賁霽　天威怡　天顏

右皇武之曲二十句

命將士索虜巢穴用竟天討爲天討第五

麾將校窮幽僻搗巢窟歷山澤索種類搜部落逐聲影躡蹤跡驅箠蕞聚積囊包席捲累萬億氛翳蕩羶腥滌陰山清瀚海碧曠澄明漠之北萬斯年　神武績

右天討之曲二十句

兇慝既清遂撫安邊氓爲安邊第六

斬蛟鱷禽大豕疆埸靖寧　聖不忘備脩防禦申警戒咨爾邊之氓我綏我懷袪爾害灾康爾危爾勤爾生罔畏疑力爾田桑去爾寒與飢爾老爾安爾幼爾慈疇爾癘辟以治疇爾厲子在玆

右安邊之曲二十句

〈皇覽大傳卷八四〉

中皋次之曲二十一

天雄府　大熊

武功既成　詔告中外爲武成第七
皇仁威靖疆圉
皇聖德布昭于下渙德音周率土維時烝民受天之付與圖
保厥付勤旦與暮有其毒之敢康弗赴斯之勢之匪于志究
武敬天之付亦承厥佑助猗
皇仁承天祐
右武成之曲十八句
邊圉既寧下令班師爲班師第八
氣塵息邊徼清武功建
皇心寧鐃簫作凱奏興　六龍御八鑾鳴祥飆翼輦慶雲承
旌傳警修途班師上京大明行天川岳光榮太和融邕萬物
遂成美洋洋騰頌聲
右班師之曲十八句

車駕旋京行獻俘禮爲獻俘第九
維大寶承于
祖考維下民　祖考後保克時永保維
皇聖孝維　皇聖仁惠保暨濱徼彼狂以擾肆用劉勦馘與
俘祗告清廟剪稂與莠穀用秀好維
祖考之制欽率允蹈　皇神武往有耀
右獻俘之曲十八句
既旋勞賚將率爲將勞率第十
皇振旅皇明堂賚將率以勞以享奏常武歌杕杜
皇曰爾來予股肱心膂維時武功俾民遂保豈維予克奮
汝良予輔咸拜稽首維

皇神武　聖謨斷自天康時兆庶
右勞來之曲十六句
武功既昭丕隆德化爲隆德第十一
皇統御政化明威服德懷洽萬邦傾誠來歸筐篚相望蠢彼
醜虜性豺狼獨反側靡常窺間伺隙爲寇攘
皇震怒神武揚天戈振一掃澄清蕩蕩寰宇如砥平櫜弓戢
矢韜五兵尚飭干邊防嚴禦備武未寧坐端康弘化綱煥禮
樂齊虞唐
右隆德之曲二十二句
海宇泰和天下忻戴咸祝
聖明萬萬歲壽爲　聖壽第十二
皇震威　皇仁宣溥四表霈沛八埏日月所照臨雨露無私偏
咸足飽與温禮讓弗愆泰和世堯舜思國家隆盛海宇安
天子御册宸萬億年福廣大齊乾坤
右聖壽之曲十六句
代祀漢光武皇帝辭　劉定之
漢光武皇帝享國餘三十年垂統過二百年祀典越千數
百年而弗替何其盛哉竊嘗以爲武功文治帝者之所難
兼自漢諸帝言之武無競於高祖而以在位日淺故不暇
給於文文莫懿於太宗而以繼體守成故無所事於武兼
之者帝也至其量時度力閉關却質置孝武之功於度量
之外明慎政體總攬權綱包孝宣之治於範圍之內帝之
所就出乎漢諸帝之右有若此者則其盛也不亦宜乎惟
聖天子重登大寶祭告于帝而臣實來供事爰述其槩而

繫以辭曰

木蒼蒼兮山風委玉體兮充宮皇靈兮如在亘古今兮曷窮杳南巡兮春陵舊鄉過故都兮洛之陽復北返兮至茲稅龍駕兮徜徉鑑芳潔兮禋祀飄何往兮瑤空無際夜闌兮天漢橫烱參旗兮斜曳皇應侍兮上帝之所永錫福兮

聖世

琴操

飛泉操　宋濂

浦陽玄麓山有飛泉濂與鄭原先生數觀之造飛泉操鼓之琴書諸崖石其辭曰

飛泉兮瀏瀏洗耳固非兮誰飲我牛覆謂我污兮移彼上流具人之形兮奈何忘人之憂

琴操二首

客有吏於海東者以能擊貪暴聞然終用是受誣嘔血死予友胡徵君爲著哀辭一通予讀之甚悲竊取其意作哀海東傷妖女二操使善琴者彈而和之客之鬼或有知則其鬱鬱之氣庶幾少伸矣乎辭曰

我哀東海而思之苦彼何人斯猛噬如虎我不擊之我民之憂縱不我與覆以我爲仇蒼天雖高究其有極非血之嘔曷明心赤泱泱大風沉沉寒泉含旃含旃我尚何言

右哀海東

有妖者女顏如舜英詆我以醜我其何傷眩白爲黑古亦多有自尤不遑敢誰之咎黃鵠飛來其音闇闇我心苟安何戚弗欣天上地下命也奈何命也奈何焉知其他

右傷妹女

思沂操　胡翰

會氏有居越者聽焉不忘曾之舊鄉余以聖賢之道不下帶而存也作思沂操以廣其志云

沂之水兮決決曷不歸兮以浣我裳我思兮孔長沂之水兮湜湜曷不歸兮以沐我德我思兮心惻沂可思兮亦可泝乎鼓而舞兮喟吾之與兮

風雷引

烈烈兮轟轟爲飈兮爲霆迅發兮震驚薄太虛兮下上聲謂天憒兮孔仁孰司柄兮赫厥靈民無愕兮載寧威既揚兮沛澤零

在陳操　劉基

彼山有楊兮彼隰有栩彼路斯何兮孔棘且阻玄雲杳冥兮不日以雨重華寂寥兮誰與晤語茫茫九州兮孰爲予所適棠無人兮焉予歸處

古琴操　王褘

春秋時晉大夫有從事于外而不得養其母者作皇天操

皇天至仁冒下土兮林林總總各獲其所兮我獨何爲不得以養其母兮育我鞠我亦已太苦兮養之弗時我何爲者兮自我徂征離此膝下兮有食孰以食疾痛其孰摩撫兮我之念母心焉如縷兮母之念子亦豈寧處兮皇天之毒我其終我祜兮

右皇天操凡十韻

戰國時楚臣有忠其君而被竄逐者作江漢操

江漢滔滔日注乎東只豈惟江漢百川朝宗只臣之事君所盡者忠只臣忠之盡見謂爲狂只我君聖明如日正中只豈弗臣察其或未遑只抑臣實有罪盍反諸躬只自今以往矢益竭衷只臣雖身遠臣心上通只臣心之通君終臣容只謂臣不信江漢其同只

右江漢操凡十一韻

廣琴操十首并序　朱右

操者操也君子操守有常雖窮阨猶不失其操也其音節固古詩騷辭之體然詩以興騷以怨操以操作廣琴操廣云者題義因韓子之舊也

將歸操

孔子之趙聞殺鳴犢作

河之深兮誰將厲之河之淺兮誰將揭之河洋洋兮不我濟之竭澤以漁兮蛟龍辟之覆巢殀胎兮鳳凰去之夫人有知兮予實類之九州博大兮將予遂之

猗蘭操

孔子傷不逢時作

習習谷風以陰以雨巖穴幽阻誰其晤語猗蘭之芳煒煒其光不我佩服昊天孔明子如好脩維我之求子如不好於我何郵

龜山操

孔子以季桓子受女樂諫不從望龜山而作

維龜有山造初鴻濛自龜之東淮夷來從膏澤既施草木寶多周公上天奈龜山何

越裳操

周公作

天之聰兮瞶瞶其音天之明兮盲盲其深天之仁兮實臨下民文王在上兮於穆不巳浩浩其天兮時賜時雨越裳來臣兮萬物斯覩

拘幽操

文王羑里作

羑之陰兮罘罘羑之室兮幽幽嗟室之人兮爲死爲囚匪維伊德兮實我之郵日月有明兮容光弗留

岐山操

周公爲大王作

自邠有家于夏之先克承弗息瓜瓞綿綿開我邠宇行我宗禋嗟狄之人敢乘以奸彼岨矣岐將遯于遷既有我土毋戕我民

履霜操

尹伯奇無罪爲後母譖而見逐自傷作

驅車驅車車行無疆兒在中野父寧不悲驅車驅車車行無遠兒當有母孰使兒飢天生衆民罔不同仁風雨霜露實活我今民生有知以順天賦

雉朝飛操

牧犢子七十無妻見雉雙飛感之而作

雉于飛山之陲孤雄啄羣雌隨雉于飛音下上陰陽和鳴聲惕胡我人朝出薪入無家徂歲年

別鵠操

商陵穆子娶妻五年無子父母欲其改娶其妻聞之中夜悲嘯穆子感之而作

黄鵠雙飛朝隨暮歸山川悠邈不女乖離今當乖違且復徘徊女啄女飲毋使女悲

殘形操

曾子夢見一狸不見其首作

狸維獸不見其首我夢之形吉凶曷究式協于占載觀其繇曰脩爾躬自天之佑

望歸操　　高啓

哀周復子死於虎而作

兒旦而出于山之麓兮兒夕不歸在虎之腹兮我往無所榛蒙龍被谷兮嗟爾耽耽弗食我豕犢兮亡穴亦有子胡寧使我獨兮

皇明文衡卷之五

表牋

乙巳年賀千秋節表　朱模

五百年有王者興適當今日千萬歲願聖人壽茂對昌辰天地協祥臣民交慶中賀繼天立極欽福錫民應禱而生彌誕神光之室乘時而起肇基王氣之都是皆天眷之所隆夫豈人謀之可致故十載克成乎大業而四方益闢於丕圖江漢既已朝宗閩廣固宜職貢餘漸正須秉麾而順邊淮豈待伏鉞而從蓋將北定乎中原抑宜入承乎正統一人有慶萬福攸同某等遠牧虎藩遥瞻象魏莫克對紫宸而拜益深拘舟悃之誠航海梯山重譯悉圖於王會普天率土三呼咸比於華封

代翰林院勸進表　蘇伯衡

伏以纘百王之正統莫大乎宅尊得萬國之驩心宜先於建極蓋惟體元而居正斯足應天而順人是以高帝開基甫四載而即位于汜水世祖興復僅一年而踐祚于鄗南雖遠畧之不遑而丕稱之是講義有攸當道在隨時中謝欽惟躬膺曆數之歸德合乾坤之大玄符顯握江左首平黃鉞再麾滹陽遄定僭偽兼收於漢孽提封奄奠於樊襄來享來庭南交廣西隴蜀千壇于理左濠泗右河淮含齒食毛者咸懷傒戴阻兵恃險者悉就誅擒惟聖人兼愛之心委上將專征之任義旗所指羣帥之內附肩摩仁聞所孚連城之欵降踵至蓋師出以律而民遂其生斯不戰而屈人故大悅而歸已令則士誠梟首於

闕下會稽通籍於域中弓矢永櫜輿圖載闢此皆二儀協贊
以申保佑之休百神効靈以開混一之運豐功盛烈之著揆
諸三帝則已多大寶鴻名之膺質諸兩漢則已晚是雖聖明
謙讓之節夫豈幽顯仰望之情臣念眷命不可久違謳歌難
以固拒輙陳愚懇冒瀆
宸嚴伏望仰體天心俯從人欲特頒明詔俾擇良辰講其禮
而正其名以其德而居其位則郊廟社稷萬靈永有所主華
夏蠻貊億載得以承事

國子學賀　登極表

寶曆在躬應千齡之上聖瑶圖啓運得百姓之驩心
臨御云初謳歌爲盛中賀欽惟
聰明天縱剛健日新仗尺劒以定羣雄道符漢祖歷一紀而

成大業功邁唐宗陶匏繭栗以蕆祀而
上帝時歆詩書禮樂以造士而下民祗若風行雷動敷
治象於多方眷育海涵播仁聲於庶類仰正統之誕紹知景
命之永延凡在生成罔不慶賴臣等獲覩鉅典幸際昌期車
同軌書同文行同倫致治恭陳於魯頌黨有庠術有序國有
學敷言願贊於成能

代翰林院賀　登極表

皇穹垂佑誕錫貞符
哲后挺生丕承正統華夷永賴臣庶均驩中賀欽惟匹馬渡
江六龍御極
大明建國八緌咸囿於照臨洪武紀元九域同歸於戡定於
昭駿烈有赫鴻猷臣等仰沐

恩波叨居翰苑雲從龍風從虎幸逢千載之昌期河出圖洛
出書願啓萬年之文運

代中書省賀平杭湖秀越表

伏以近悅遠來率土歸
聖人之德南征北伐無敵爲王者之師適瞻齊斉之特班遄
見捷書之洊至羣情胥慶一統維期中賀臣聞高帝開基載
興齊楚之役太宗啓運復加兗竇之誅夫欲和衆而安民則
必兼弱而攻昧事非得已兵不留行玆盖伏遇
皇帝陛下智勇自天聰明冠世廓清區宇番禺衣被乎恩光
循撫遐荒棘道上供其方物顧玆浙右尚阻華風爰致斯赫
之威用副徯蘇之望收海陽以遏其衝要定秦郵以擣其腹
心濠梁泗水舉若摧枯臨淮壽春取如拾芥計益窮而負固

地逾蹙而偷生
宸慮彌切於解懸戎車遂勤於再駕勢成犄角人效智能引
領義旗親黨之投戈恐後允懷仁聞謀臣之稽顙爭先苕霅
首平吳松繼下齒錢唐於郡縣登會稽於版圖崑山傳檄而
從距牙斯拔檇李攄誠而附藩屏悉空叛將就磔於藁街禁
旅環攻其外郭玆雖天眷實出廟謨殲厥渠魁佇看虞之不
臘維其士女幸覩堯之授時臣等叨列星垣獲觀露布烟火
萬里式歌神武之功干羽兩階永底文明之治

代秦王府官謝表

伏以誕膺景命開車書一統之基衆建懿親爲宗社萬年之
計玆肇開於土宇遂董正於宮寮中謝臣歷觀夏商以及周
漢方其授茅土於子弟孰不任忠良爲股肱盖凡前後左右

之人罔非吉士則得脩齊平治之術斯爲令主令
神聖之膺圖御皇王而取則方立經陳紀之始爲宗子維城
之規況秦國四封奄有關內而形勢百二在其域中府署之
開傳相之設固將藩屏
帝室豈惟保佑王躬宜得重臣以申器使臣等經文緯武才
不及於曹參博古通今學有慚於賈誼夫何僥倖乃辱甄收
此蓋伏遇覆載等乎乾坤將曲成於庶物高明齊乎日月靡
求備於一人斯朽鈍之微蹤亦叨塵於華選臣敢不虔恭夙
夜苟非唐堯虞舜之道焉敢陳祇遹訓謨罔俾河間東平之
賢專其美

進大明律表　宋濂

臣聞天生烝民不能無欲欲動情勝詭僞日滋強暴縱其侵
陵柔儒無以自立故聖人者出因時制治設刑憲以爲之防
欲使惡者知懼而善者獲寧傳所謂獄者萬民之命所以禁
暴止邪養育羣生者也譬諸禾黍必刈稂莠而後苗始茂方
於白粲必去砂礫而後食可飡苟梗化敗俗之徒不有以誅
之雖堯舜不能以爲治夫自軒轅以來代有刑官而五刑之
法漸著其詳弗可復知逮魏文侯師於李悝始采諸國刑典
造法經六篇漢蕭何加以三篇通號九章曹魏劉劭又衍漢
律爲十八篇晉賈充又參魏律爲二十篇唐長孫無忌等又
取漢魏晉三家擇可行者定爲十二篇大槩皆以九章爲宗
歷代之律至於唐亦可謂集厥大成矣洪惟
皇帝陛下受億兆君師之命登大寶位保乂臣民孳孳弗怠
其訓迪羣臣諄復數千言惟恐其有犯慈愛仁厚之意藹見

於言外是大舜惟刑之恤之義也矜慣愚民無知陷于罪戾
法司奏讞輒惻然弗寧多所寬宥是神禹見辜而泣之心也
唯貪墨之吏承踵元弊不異白粲中之砂礫禾黍中之稂莠
也乃不得已假峻法以繩之是以臨 御以來屢詔大臣更
定新律至五六而弗倦者凡欲生斯民也今又特
勅刑部尚書劉惟謙重會衆律以協厥中而近代比例之繁
姦吏可資爲出入者咸痛革之每一篇成輒繕書上 奏揭
於西廡之壁
親御翰墨爲之裁定由是仰見 陛下仁民愛物之心與虞
夏帝王同一哀矜也易曰山上有火旅君子以明慎用刑而
不留獄言獄不可不謹也書曰刑期于無刑言辟以止辟而
民自不敢犯也 陛下聖慮淵深上稽天理下揆人情成此

百代之準繩實有易書之奥旨行見好生之德洽于民心凡
日月所照霜露所墜有血氣者莫不上承神化改過遷善而
悉臻雍熙之治矣何其盛哉臣惟謙以洪武六年冬十一月
受 詔明年二月書成篇目一準之於唐曰名例曰衛禁曰
職制曰戶婚曰廐庫曰擅興曰賊盜曰鬬訟曰詐僞曰雜律
曰捕亡曰斷獄采用已頒舊律二百八十八條續律百二十
八條舊令改律三十六條因事制律三十一條掇唐律以補
遺一百二十三條合六百有六分爲三十卷其間或損或益
或仍其舊務合重輕之宜云謹俯伏
闕廷投進奉表以 聞臣等誠惶誠懼稽首頓首謹言洪武
七年 月 日具官臣 等上表

進元史表

伏以紀一代以爲書史法相沿於遷固考前王之成憲周家
有監於夏殷盡因已往之廢興堪作將來之法戒惟元氏之
有國本朔漠以造家用兵戈以爭強幷部落者十世逐水草
以爲食擅雄長於一隅逮至成吉思之時大會斡難河之上
始尊位號漸定敎條既近取於乃蠻復遠攻於回紇渡黃河
以蹴西夏踰居庸以瞰中原太宗繼之而金源爲墟世祖承
之而宋籙遂訖立經陳紀用夏變夷肆宏遠之規模成混一
之基業爰及成仁之主見稱願治之君唯祖訓之式遵思孫
謀之是遺自茲以降聿號隆平豐亨豫大之言鼓倡於天曆
之世離析渙奔之禍馴致於至正之朝嬖幸蠱惑於中權姦
蒙蔽於外漢綱紙因於疏闊周綱遽至於陵遲風憲皆爲不
痛之猶將士盡成反噬之犬由是羣雄角逐九域瓜分風波

徒沸於重溟海嶽竟歸於　眞主中　謝欽惟
皇帝陛下奉天承運濟世安民建萬世之丕圖紹百王之正
統
大明出而爝火息率土生輝迅雷鳴而衆響微鴻音斯播載
念盛衰之故即推忠厚之仁僉言實既亡而名亦隨亡獨謂
國可滅而史不當滅特詔遺逸之士欲求議論之公文詞勿
至於艱深事迹務令於明白苟善惡瞭然在目庶勸懲有益
於人此皆
天語之丁寧愈見
聖心之廣大於是命翰林學士臣宋濂待制臣王禕儒士臣
汪克寬臣胡翰臣宋禧臣陶凱臣陳基臣趙壎臣曾魯臣趙
汸臣張文海臣徐尊生臣黃篪臣傅恕臣王錡臣傅著臣謝

徽臣高啓分科脩纂故上自太祖下迄寧宗靡不網羅嚴加
搜采恐訛時而愒日每繼晷以焚膏故於五六月之間成此
十三朝之史况往牒舛訛之已甚而他書參考之無憑雖竭
忠勤難逃踈漏若自元統已後則其載籍無存已遣使而旁
求俟續編而上進愧其才識之有限弗稱三長兼以紀述之
未周殊無寸補臣濂忝司鈞軸幸覩成書信傳信而疑傳疑
僅克編摩於歲月筆則筆而削則削敢言褒貶於春秋仰塵
乙夜之觀期作千秋之鑑所撰元史紀三十八卷志五十三
卷表六卷傳六十二卷目録二卷通計一百三十萬六千五
百餘字謹繕寫成百二十冊隨表上進以 聞

謝 恩表 劉基

伏以出草萊而遇
眞主受 榮寵而歸故鄉此人人之所願欲而不可得者也
中謝欽惟
皇帝陛下以 聖神文武之姿提一旅之衆龍興淮甸掃除
羣雄不數年間遂定中原奄有四海神謨廟斷悉出
聖衷舜禹以來未之有也臣基一介愚庸生長南裔踈拙無
以其能識
主於未發之先者亦猶巢鵲之知太歲園葵之企太陽以管
窺天偶見於此非臣之知有過於人也至於仰觀乾象言或
有驗者是乃
天以大命授之 陛下若有鬼神陰誘臣衷開導使言非臣
念慮所能及也
聖德廣大不遺葑菲遠法唐虞功疑惟重之典 錫臣以封

爵　錫臣以食祿俾臣回　還故鄉受榮寵以終其天年臣竊
自揆何脩而膺此犬馬微忱惟增愧懼已於洪武四年二月
初四日到家謹遣長男臣　璉捧表詣　闕拜謝
聖恩臣基無任激切屏營之至謹奉表稱　謝以　聞

封建親王賀　東宮牋　　高啓

監國撫軍久繫兆民之望建邦作輔大頒同姓之封隆典式
脩輿情均慶恭惟
皇太子殿下地居震長道合乾剛孝奉
兩宮每問安於曉寢友懷諸弟共講學於春坊既膺圭瓚之
崇復舉分茅之盛本支茂衍宗社奠安某等忝預台司敢伸
賀悃河如帶山如礪永存萬世之傳日重光月重輪敬上
千秋之祝

進千家姓表　　吳沉

臣沉等言臣聞古者天子建德因生賜姓胙土命氏此姓氏
所由興也三代以前有姓以別婚姻氏以辨貴賤所由來尚
矣三代以後姓氏寖廣推原其始有以帝王名號爲氏者有
以王父字爲氏者有以所生之土爲氏者有以官有以爵及
謚爲氏者有以所封之國若邑若鄉若亭爲氏者有以技以
物爲氏者故往往姓同而氏則分年代既遠族類益繁於是
以氏爲姓而索之族矣歷漢唐宋元生齒之盛華夷之混又
有以部落爲姓者有因功賜姓者有因過因事因刑改姓者
有避諱避仇避難避嫌改姓者有慕前賢名字冒姓者有音
訛及音同文異或文同音異轉姓者有省文省言轉姓者其
區分類別不可勝紀前代雖有氏族志等書流行于世類皆

蒐羅未盡互有詳略識者病之恭惟
皇帝陛下誕膺天命混一區宇車書萬里溥海内外遐陬僻
壤咸沾沐
聖化安土樂生黎庶阜蕃又非前代之比臣等謹稽諸史牒
質之圖籍旁搜博訪類萃成編約爲韻語凡爲姓一千九百
六十有八名曰千家姓繕寫呈上極慚膚淺未能悉備萬幾
之暇得賜覽觀刊布四方以便初學習讀天下之人有以知
聖朝土地廣大人民衆盛　恩德深厚而思各保其族於悠
久以同躋仁壽之鄉也洪武十四年五月朔日翰林編脩臣
吴沉典籍臣劉仲質臣吴伯宗等誠惶誠恐稽首頓首謹言

進實録表　解縉

奉天輔運推誠宣力武臣特進光禄大夫左柱國太子太師
曹國公監脩國史都總裁官臣李景隆等誠惶誠恐頓首上

言
聖人受命啓萬世之鴻基史氏纂書示百王之大法是故堯
舜之事載之典謨文武之政布在方册俾文獻之足徵實古
今之通議矧創業垂統者皆在於貽謀而繼志述事者敢忘
於紀載鋪張極盛之陽休揚厲無窮之偉績歷選前聞之作
允爲達孝之規欽惟
大明太祖聖神文武欽明啓運俊德成功統天大孝
高皇帝應千年之景運集羣聖之大成天命眷顧之隆起徒
步不階於尺土人心嚮服之誠未三年已定於京都龍飛雲
從而華夏蠻貊罔不率俾日照月臨而山川鬼神莫不攸寧
有過化存神之妙有綏來動和之應英傑不期而會邇遐不

令而從盡收當世之賢才大極生民於水火羣雄帰命者不
戮一夫元主遁荒而禮遣其嗣四方幅員之廣亘古所無中
國先王之典悉復其舊守帝王心法之言明聖賢道學之統
能黜百氏彌綸六經範圍造化曲成萬物天休滋至而兢業
貫乎始終諸福畢臻而謙抑純乎表裏在位之久三十餘年
升遐之日萬方哀悼比於近古邈然罕儔漢高年不登於中
壽光武運僅紹於中興唐高祖因隋之資宋太祖承周之業
元世祖席累世之威皆未有若斯之盛也欽惟
孝慈昭憲至仁文德承天順聖　高皇后天生聖善克相肇
基則徽德邁於纘妃開創功超於胥宇夙聞文定之祥允叶
坤元之吉螽斯有百男之應鳲鳩均衆子之恩併合承天之慶
簡能造化之仁歷考古后妃蓋莫盛於周室然摯有誕聖之
祥而無輔運之跡邑姜有輔運之迹而無誕聖之祥矧皆起
邦君式克承世緒降及近世皆非等倫若夫同起布衣化家
為國正位中宮十有五年家邦承式天下歸仁誕育聖躬萬
世永賴自古以來未之有也欽惟
皇帝陛下合體乾坤重華日月煥帝堯之文章纘武王之繼
述孝事
太祖有見而知之之實廣詢當世得聞而知之之詳發蘭臺
記注之書而徵以藩邸之副紬金縢石室之秘又考於世家
之蔵爰當嗣位之初首頒脩史之詔命臣景隆臣忠誠伯臣茹
瑺翰林學士臣解縉總裁翰林學士臣王景禮部尚書臣李
至剛侍讀臣胡靖臣曾日章臣王灌臣胡儼侍講臣鄒緝臣
楊榮臣金幼孜臣楊士奇修撰臣李貫臣吳溥編脩臣楊溥

臣鄭好義檢討臣王洪博士臣張伯穎臣王汝玉典籍臣沈
度臣潘畿待詔臣王延齡給事中臣朱紘吏部郎中臣徐旭
禮部郎中臣胡遠戶部主事臣端孝思太常博士臣錢仲益
國子博士臣金玉鉉助教臣王達行人臣蔣驥僉事臣
李通臣沈瑜教諭臣劉宗平臣解榮訓導臣羅思程臣傅貴
知府臣劉辰知州臣鄒濟知縣臣王褒臣楊觀臣梁潛臣趙
清晉府伴讀臣蘇伯厚靖江府教授臣張顯儒士臣端禮臣
楊孟力臣朱逢吉臣莫士安纂脩慎選多士賜宴便蕃即開
館于禁中屢繼閱于機暇以百人之多歷期年之久惟盡校
讐之力實無黼黻之能巍巍道冠於百王蕩蕩功超於千古
是知禮樂征伐之自出必有訓古之文雲霞花卉之生色不
勞繪畫之工開王府而見璠璵惟自慶其希遇仰青天而瞻
象緯又奚鑿於名言皆據事而直書不假一辭之贊美但纘
次以成編永示萬年之大訓謹撰述
大明太祖聖神文武欽明啓運俊德成功統天大孝
高皇帝實錄一百八十三卷繕寫成一百六十五冊謹伏闕
上進臣景隆等無任瞻
天仰聖懽懼屏營之至謹奉表以　聞永樂元年六月十五
日奉天輔運推誠宣力武臣特進光祿大夫左柱國太子太
師曹國公監脩國史都總裁官臣李景隆誠惶誠恐稽首頓
首謹進

賀交阯平定表　黃福

天地以生物爲心四時順序
聖人以安民爲德一視同仁干戈載戢而海宇清平禮樂脩

明而神人歡慶恭惟
皇帝陛下與天同運如日方中齊虞舜之文明重華協
帝邁周武之功烈廣大如
天顧德威之所加惟遐邇之咸服聲為律而身為度車同軌
而書同文夫何交阯之炎荒敢外中華之聲教爰稽厥土寔
古頊夷在漢唐僅能羈縻至宋元尤為叛服逮乎黎醜仍踵
斃風負井蛙之見而自尊致淵魚之禍而莫悔奈何簡定之
餘孽復效前尤繼而季擴之狡童再循覆轍逞狐鼠之威而
蹂踐疆域恣蛇虺之毒而吞噬邦人邊塵瀰漫蟻聚蜂屯之
是覩田里蕭索雞鳴犬吠之不聞蠹傷造物之心憤激神人
之怒
皇上每垂戒諭屢擴至仁彼乃愈肆跳梁恣為不道爰興廟
筭用命偏師天戈一指而蟻穴盡空風帆再舉而鯨濤頓息
渠魁既殄遺孽悉除共惟拯救之勤式慰徯蘇之望班師振
旅喜文德之誕敷行賞錫封覩武功之載戢郡邑有守令以
懷保衛所有士馬以隄防千年草莽之區變為禾黍之地累
世雕題之衆化為衣冠之民衣食足以養生絃歌足以易俗
輿圖舊物于以光復山川精彩于以發舒賦列九州不止金
人之貢化均萬里遠踰銅柱之功氛祲廓清雨暘時若實由
懋先之盛德冠古之隆功致今日之太平雪前代之遺恨也
臣顧衛微賤幸遇
聖明垂憫愚蒙有罪特加寬宥位階卿輔受恩實荷深洪始
詔開百粵之新藩遂令掌二司之重寄拜
命惟謹懼德弗堪易俗移風勉承流而宣化彰善癉惡誓激

濁以揚清遠莫卑邇之良尚隆唐虞之治然遐陬之地雖異而感報之心悉同凡霑雨露之民室家相慶獲際風雲之士冠冕增輝咸欲覩照臨之清光于以謝生成之大德臣心感激未能率領以來朝
天闕遥深徒切仰瞻而下拜敢效華封之三祝恭祈
聖壽於萬年

進五經四書性理大全表　胡廣

伏以六經之道昭如日星經緯乎天地貫徹乎古今放之則彌六合卷之則退藏於密用之於身而身脩行之於家而家齊推之於國而國治施之於天下而天下平蓋世必窮經而後道明未有舍經而能治理者也是以聖王垂憲必資道以開人賢哲肇基必稽古以作範故伏羲則河圖而演畫大禹

因洛書而錫疇孔子刪詩書脩春秋寓一王之法周公陳王業制禮樂弘百世之規況乎精一執中之傳尤重丁寧告戒之旨如斯顯迹昭然可觀自王道既衰異說蠭起燔烈秦火之餘穿鑿漢儒之弊其間存者不絕如綫莫能究其旨歸一切趨於苟且貴緣故習鮮克正之於乎聖人之道不行而百世無善治聖人之學不傳而千載無真儒遂令往轍之難尋益發前脩之永嘆夫否必有泰晦必有明繇夫濂洛關閩之學興而後堯舜禹湯之道著悉掃蓁蕪之蔽大開正學之宗不幸憂阨狂言既揚復抑又因循數百年之間卒莫能會其說于一蓋必有待於今日者矣
天啓聖明誕膺景運我
太祖高皇帝天縱之聖以武功定天下以文教興太平首建

學校頒賜書籍作養人材茂隆政治四海外內翕然同風欽
惟
皇帝陛下文武聖神聰明睿知纘承大統紹述鴻勳成功盛
德雖三皇而無以加事業文章與二儀而同其大治已至而
猶以爲未至功已成而猶以爲未成體道謙冲遊心高遠乃
者濬發宸衷脩輯六經恢拓道統之源流大振斯文之委靡
發揮幽賾鉤纂精玄博采先儒之格言以爲前聖之輔翼合
衆途於一軌會萬理於一原地負海涵天清日曒以是而興
教化以是而正人心使夫已斷不續之墜緒復屬而復聯已
晦不明之縕微復彰而復著肇建自古所無之制作纘述自
古所無之事功非惟備覽於經筵實欲頒布於天下俾人皆
由於正路而學不惑於他岐家孔孟而戶程朱必獲眞儒之

用佩道德而服仁義咸趨聖域之歸頓回大古之淳風一洗
相沿之陋習煥然極備猗歟盛哉竊嘗觀之周衰道廢汲汲
皇皇以斯道維持世教者惟師儒君子而已未有大有爲之
君能倡明六經之道紹承先聖之統如今日者此
皇帝陛下所以卓冠百王超軼千古者也臣廣等一介書生
麤知章句大學賢關濫未造其閫奧圓冠方屨固嘗列於章
縫幸逢　熙治之時謬忝校讎之任每受成於指教亦何假
於施爲樂觀就編豈勝歡慶與天下而同惠於萬古而有光
尊所聞行所知求不負於教育正其誼明其道期補報於昇
平無任瞻
天仰　聖激切屏營之至謹奉　表隨進以　聞

親征胡虜回鑾百官賀表　　楊士奇

欽奉　敕書五月十三日大駕親率六師掃蕩胡寇撫輯降
附沙漠永清誠宗社生民太平之慶謹奉表稱賀者臣某等
誠懽誠抃稽首頓首上言伏以
帝王之治統育於萬方仁義之師無敵於天下博施洪恩而
濟衆駿揚神武以除殘廓靖北陲奠安中夏臣民懽抃海宇
清寧恭惟
皇帝陛下廣大高明剛健中正惟萬物之得所溥一視而同
仁舞干羽于兩階昭郁郁禮文之盛執玉帛者萬國致源源
朝覲之來獨玆窮北之孽胡蠢焉自外於
皇化拒招懷之綸命遏撫諭之使軺數犯邊疆肆虐黎庶蓋
恣行而罔畏畧無悔罪之情不得已而用征誠爲保民之計
植黍稷豈留於稂莠育鸞鷟必剪於梟鴟萬乘親行運神謀
於霄漢六師奮發掃氛翳於遐荒加烈火於鴻毛震迅雷於
蠢戶兇渠盡殲恩命覃宣撫綏殘弊之氓敷布融熙之澤春
榮秋肅皆本乾元之仁日彩星華煥麗天旋之景湔雪前王
之讐恥肇開永世之升平臣等欣候凱旋恭攄賀臆仰
皇明於六合如日方中祝
聖壽於萬年與天同久
兩朝實録成史館上表　楊士奇
伏聞上有堯舜禹湯文武之君斯有典謨訓誥誓命之紀當
時所録萬世攸師自漢以來暨于唐宋皆建史官專職紀述
我　國家奉天啓運
聖聖相承大經大法明于上善政善教被于下萬方一統海
宇清寧洪武以前

神功聖德史氏所記具有成書欽惟
太宗體天弘道高明廣運聖武神功純仁至孝文皇帝剛徤中正廣大欽明體天之心行天之道勵精為理躬儉愛人再奠邦家中興鴻業文治光昭於日月武烈弘靖於華夷大畧雄材茂功偉績規模弘遠卓冠百王欽惟
仁宗敬天體道純誠至德弘文欽武章聖達孝昭皇帝孝友英明寛仁恭倹敬天法
祖制治保邦明目達聰周詢民隱時使薄歛慱施濟人撫盈成之運廣文明之化丕新政紀覃敷德澤朞月之內天下歸
仁
皇帝陛下文武聖神聰明睿智纘承大寶君國子民推廣至
二聖升遐雲車益遠萬姓哀慕海宇同情恭惟

仁繼志述事歌九功之惟叙得萬國之歡心上念
祖宗功德之隆同符天地覆載之大宜宣昭於簡冊垂儀範於帝王宣德元年五月勑脩
兩朝實録命 臣輔 臣義 臣原吉監脩 臣士奇 臣榮 臣幼孜 臣山 臣英 臣溥總裁 臣棨 臣英 臣直 臣述 臣時勉 臣習禮 臣學夔 臣循 臣從善 臣驥 臣鶴齡 臣洪 臣永清 臣叙 臣曰恭 臣敬 臣翰 臣稚 臣翶 臣繼 臣中 臣材剛 臣文奎 臣節 臣錫 臣蕚纂脩發左右史臣之所記閲中外官府之所上兼考章疏參之見聞編載事功必備著其本末纂述謨訓必致謹於精微闗制度者雖細不遺切幾務者雖明必審於紀叙
聖神之道德如繪畫造化之功能儗諸形容誠難髣髴乃若附録臣下必在究明是非訖五年正月恭成

太宗文皇帝實録百三十卷
仁宗昭皇帝實録十卷合百有四十卷謹繕寫上進伏念臣
輔等智識淺陋學術空疎曠歲月而久稽亦討論之惟謹方
諸良史深愧乏三長之稱監于
先朝庶少資
萬幾之暇

經筵謝表

知　經筵事太師英國公臣輔同知　經筵事少傅兵部尚
書兼華蓋殿大學士臣士奇少傅工部尚書兼謹身殿大學
士臣榮禮部尚書兼翰林院學士臣溥兼　經筵官詹事府
少詹事兼翰林院侍讀學士臣直少詹事兼翰林院侍講學
士臣英翰林院侍讀學士臣時勉臣習禮侍講學士臣循侍
讀臣東侍講臣穀脩譔臣愉臣鳳等茲者恭遇　經筵肇啓
聖學維新講讀侍臣咸膺　恩澤謹奉表稱謝者臣輔等誠
懽誠忭稽首頓首上言伏以天清地寧昭
聖皇之統御時康道泰美文治之隆興日月光華中外忻悅
恭惟
皇帝陛下聰明睿智廣大寬仁尊　尊親　親崇
兩宮之至養推恩布德得四海之懽心是以三光全而寒暑
平五穀熟而人民育益勤稽古之學益弘養正之功謂易書
詩禮春秋之文皆堯舜禹湯文武之道
萬幾有暇恒
親御於經筵多聞是求肆詳延於儒雅用資啓沃用致進脩
上以承帝王心法之傳下以錫臣民皇極之福光

祖宗之洪業擴海宇之隆平臣輔等猥以庸才咸叨榮命荷
絲綸之飭勵繼宴錫之駢蕃於緝熙單厥心允協周成之德
念終始典于學敬陳商說之篇

巡狩及平胡回鑾言宮賀表

伏以巡狩省方舉帝王之盛典回鑾振蹕煥功德之大成八
表清寧萬方忻戴恭惟
皇帝陛下聰明睿知廣大寬仁奉天勤民秉聖誠之純一繼
志述事溥德化於雍熙尚惟親歷於撫綏肆用肇稱於巡省
兩京弘建瞻日馭之輝煌萬乘吉行霈天恩之洋溢
聖仁篤近而舉遠神武除暴以安民天討用彰奮風雷於瀚
海
皇威所至廓氛翳於陰山神靈煥發於嘉祥孽虜莫逃於遺
類盡雪漢晉唐宋之恥永隆
國家宗社之基六師咸奏於凱歌四海遍騰於懽頌雲承翠
輦迴
龍御於九重星拱紫宸上
天顏之萬壽臣某等忝班朝列喜切遭逢
聖治神功仰昭明之如日
璇圖寶曆祝悠久以齊天

駕幸文淵閣謝表　楊榮

臣楊榮等茲者欽蒙
聖駕臨幸文淵閣周視臣等寓直之所特頒恩命增益室宇
兼賜飲饌器用周悉備至
聖恩廣大感戴惟深謹上表稱謝者臣等誠懽誠忭稽首

皇帝陛下濬哲温恭剛健中正仁義同於堯舜功烈邁於禹
湯 闕里詩書敬仰 先師之如在寰區聲教啓迪後學於
無窮式崇 舊章肇稱殷禮 鑾輿幸臨於璧水縉紳圜集
於橋門惟 君惟師以教以食衣冠之美籩豆之序秩秩乎
有容鼓鐘之音絃誦之聲洋洋乎盈耳自唐虞三代以來未
有盛於今日者也臣儼等忝職成均叨承 寵遇敷言是訓
永依日月之光華造士登崇願效涓塵之補報無任瞻
天仰 聖激切屏營之至謹奉表稱謝以 聞

進實錄表 王直

臣聞自昔帝王有大德以及於萬民則必有信史以傳於千
古是故堯舜之道載諸典謨文武之政布在方冊漢唐而下
皆有成書欽惟

宣宗尊謚章皇帝剛健中正廣大高明纘
祖宗之鴻圖隆慈聖之至養脩六府而備三事親九族以和
萬邦好生之德允洽於民心育物之仁實協乎天道有戡暴
除亂之武有經天緯地之文聲教宣昭禮樂明備華夏蠻貊
罔不率俾山川鬼神莫不底寧大略雄才豐功偉烈輝映前
代儀範後來奄 龍御之上升切臣民之哀慕恭惟
皇帝陛下聰明睿智文武聖神尊 祖敬宗繼志述事上念
先皇之德業必著簡冊以流傳爰敕儒臣纂修
實錄啓蘭臺之所載紬金匱之所藏徵諸官府之文書參以
耳目之聞見大經大法備究於精微善政善教致詳於本末
言足為訓雖簡必書事之可師雖繁必錄造化生成之妙固
莫罄於名言日月照臨之明亦豈容 於繪畫至若臣下之附

載勉盡是非之至公恭成
宣宗章皇帝實錄一百一十五卷 寶訓十二卷及目錄凡
例合一百二十九冊謹繕寫上進臣等愧膚淺之無庸屬編
摩之甫就傳千來世永昭道德之光率是 嘉猷茂衍太平
之慶

賀新殿成表

伏以北京建極開萬方會同之都
南面嚮明受一統華夷之貢宜規模之宏遠聳遐邇之觀瞻
率土騰歡普天稱慶恭惟
皇帝陛下剛健中正睿知聰明丕承
列聖熙景運於太平茂育羣生暢淳風之清穆惟尊
祖敬宗之大在繼志述事之能顧

朝廷當備於崇嚴而宮殿必資於營搆秖循舊典式闡鴻猷
兆姓子來咸自樂以效其用庶邦星拱皆不勞而觀厥成巍
巍麗紫微之高翼翼表宸京之壯續靈臺之賛詠誠儷美於
周文紹總章之達聰實比隆於虞舜仁恩溥博德化宣昭廣
宅中圖治之謨恢保大定功之備 本支繁衍 宗社奠安
臣欣遇盛時恭陳善頌仰
皇明於八表如日之升祝
聖壽於萬年與天同久

釋罪後謝恩表 陳循

臣陳循謹奏為謝 恩事臣仰蒙
皇上天地之大日月之明垂光於覆盆無幽不燭廻瀾於逝
水無遠弗追拯念衰加哀矜憫恤臣不勝感戴之至理合謝

恩臣循誠惶誠恐稽首頓首百拜謹言恭惟
皇上一德同乾坤之廣大咸覆載於萬方　重華合日月之
貞明普照臨於八表如臣草芥之賤質亦蒙江海之深恩向
被陷於落井下石之讐人遂謫以屯田備邊之戍卒斯須難
保顛沛靡寧戰戰驚心惶惶度日萬幸仰賴　天與
皇上深恩厚德庇佑臣身處患難於四五年間臨萬死而得
一生受艱苦於數千里外度危灾而存殘喘茲蓋伏遇
皇上聰明聖智寬裕溫恭如日方中極廣大高明之盛與天
同久盡財成輔相之功　作之君作之師追配乎堯舜禹湯
文武明其誼明其道務契乎易書詩禮春秋得萬國之歡心
臻一統之盛治明見萬里之外允嚴照於覆盆仁敷九域之
中重發生於枯木孳孳養賢以及萬民之心切切愛人必先

四窮之意雖愚臣薄命負尋章摘句之庸材荷
聖主深仁除執銳被堅之重役　恩命播傳於千里士庶忺
聞懽聲振動於一家妻孥舞蹈幽壑春生於腐草廢爐暖發
於寒灰縶鳥出籠復遂山林之素性涸魚得水獲逃鼎俎之
横灾親恩豈能及乎
君恩再造實不下於　洪造雖百口粉身碎骨消埃莫補於
河山縱九泉秘魄藏魂頃刻難忘於　德澤恨筋力日衰於
老病不能效犬馬以驅馳奈忠誠長激於心肝期永同葵藿
之歸向竭一誠而祝望頌　萬美以揄揚匪愚陋之私情誠
華夷之通願敬　天法祖
聖明已超冠於百王納善用賢
皇上實允符於二帝制治保邦之有道承　先裕後以撫虞